魅丽文化 深海

图书在版编目（CIP）数据

也许有那么一天 / 朱锐著. -- 南京 : 江苏凤凰文艺出版社, 2016

ISBN 978-7-5399-9214-3

Ⅰ. ①也… Ⅱ. ①朱… Ⅲ. ①随笔－作品集－中国－当代 Ⅳ. ① I267.1

中国版本图书馆 CIP 数据核字（2016）第 085638 号

书　名	也许有那么一天
作　者	朱　锐
选题策划	余　言　马　叛
出版统筹	黄小初　邹立勋
责任编辑	胡小河　姚　丽
文字编辑	马　叛
责任监制	刘　巍　江伟明
封面设计	刘芳英
封面摄影	商　量
出版发行	凤凰出版传媒集团 凤凰出版传媒股份有限公司 江苏凤凰文艺出版社
集团地址	南京市湖南路 1 号 A 楼，邮编：210009
集团网址	http://www.ppm.cn
出版社地址	南京市中央路 165 号，邮编：210009
出版社网址	http://www.jswenyi.con
经　销	江苏省新华发行集团有限公司
印　刷	湖南新华精品印务有限公司
开　本	880 × 1230 毫米　1/32
字　数	286 千字
印　张	8
版　次	2016 年 5 月第 1 版，2016 年 5 月第 1 次印刷
标准书号	ISBN 978-7-5399-9214-3
定　价	32.00 元

序言

这女人让我给她写“序”。我想，呀，太瞧得起我了，那我得好好表现！

处女座和处女座在一起总是吵吵闹闹，嘴不饶人的功夫都用上了。相爱相杀，但又有很多言语之外的“懂”。对于她出这样一本随笔，一点也不意外。俗话说得好，不能以“貌”取人嘛！哈哈。

敏感、感性、细腻、爱絮叨，处女座的这些特性，再加上朱锐童鞋出色的文字能力，相信这绝对是一本“值得买”的好书。虽然她并不具备处女座的温柔，幸好这点不会影响书的质感！（别打我）

——**江疏影**（《致我们终将逝去的青春》中饰演阮莞）

“猫耳胡同”挺可怕。

挺平常的一件小事儿，通过她的眼睛再转到她的笔下，这件看似平常的小事儿就不小了。

而有时挺大的一件事儿，被她的文字一描绘，又仿佛世界从诞生那天起，就一直和平着，根本不存在世俗那些鸡零狗碎的尔虞我诈。

比“猫耳胡同”的文字更可怕的，是“猫儿胡同”本人。

为啥？

因为她是个演员。

演员有啥可怕？

因为她经常拒绝导演盛情邀请她主演的角色，只演自己看得上的角色。也就是说，这个人的心很硬。心很硬的人按说是不大适合干演员这种职业，因为演员这个职业，需要她的情感像火柴一样——一点就着。

偏偏“猫耳胡同”的演艺事业做得风生水起，一不经意就成了高薪都请不到的演员。当然，我知道那不是高薪的事儿，而是角色的事儿。因为我就被她拒绝过。

演员写东西的不少，但坚持写下去的不多。“猫耳胡同”的作品我一般在网上偷偷地看。为啥要偷偷地看？因为她写得比我好，还比我有毅力和恒心。我心服口不服，所以，不敢在作品浏览处留下阅读者的足迹。我大概算是“老炮儿”中的“娘炮儿”吧。

但推荐优秀的作品，的确是一件利己也利人的事情。我经常会在朋友间推荐“猫耳胡同”的作品，偶尔还真有热心读者和我讨论二三，也有其他好事者争抢问，这个“猫耳胡同”是不是某个热播剧里演某个话题角色的演员。

这么一个性格和职业拧巴成那样的人，还能写那么多字，然后还出书，除非她，开了天眼。

天眼看众生，可能也只有“猫耳胡同”可以吧。

——**龚朝**（导演作品有《反贪局长》《欲罢不能》《当爱已成往事》《悲情红与黑》等）

趁着一些微醺的感觉赶紧给朱小写“序”，不然怕她杀上门来。因为她就是个表面open，内心很紧的girl。好，下面要说的话要细细听了。

我和朱小相识在某个春节的前后，海清姐让我去她家搓麻将，两圈后，她说待会儿有个女朋友专门被她喊来陪孩子。OK，有个皮肤白皙，说话大声的女孩来了，中间经过寒暄，吃晚饭，放烟花……

一个月后，我的新戏定妆，大家可以想象一个女演员第一次和剧组同事相处，难免装冷艳的场景，对，我偶尔也是要装一下的。不知道和导演讨论到第几组造型了，一坨白花花的生物飘了进来。我抬了一眼，嗯，好清秀的工作人员。不想这坨白花花的生物说话了：“我去，吕夏。”

我反问道：“你是……”

白坨坨说：“我是朱锐啊。”

我不自觉地：“啊？”

她还挺有羞耻心的，答道：“你忘了？”（对不起，我要自辩一下，我是个天生的脸盲，只能记住超级美，或超级丑的脸）恭喜朱小姐都不在此列。朱锐是谁？我心里暗暗问道。你也知道，毕竟我也在社会上待过一些岁月，噢，噢，哦，喔？谁？我不要脸，我无耻，我无知，我哪知道有一天这货会出书啊。说到这儿，我要自切下一行了。

我们的戏开机了，据说朱小是因为喜欢台湾而低片酬签的，但临行之前她才知道台湾那段没她的戏份。哈利路亚，朱小，虽然我对你无感，依然觉得他们不应该这么对待一个有热情的姑娘。我今天能在这儿为她写“序”，对，你猜对了，我们成为了好朋友，毫无悬念。

我善意地重复一下，不是因为她特别美，更不是因为她特别丑，是因为这“朱”太会演戏了，多少次我在和她对戏的时候，心中会跳出来一句OS：丫怎么这么处理，真牛叉。这句不是开玩笑，我一向在表演技能评价上慎重之极，可这个“朱”就是凭借轻松自在的表演，白花花地打动了我。（她太白了，以至于她在组里的外号是荷兰猪）

这只“荷兰猪”还有一个爱好，那就是很爱给我介绍剧组，那一年很多剧组都是她介绍我去的，什么见组啊，什么试戏啊，都是她给我找的麻烦。我要说，朱锐你是不是脑子被驴踢了，只要有人问我片酬贵不贵，你都回答说不贵。我是前世撬了你家祖坟吗？！

——**吕夏**（《生存之民工》中饰演王家慧）

目录

CONTENTS

//

12

001

多少岁没有任性的资本

[Maybe one day]

我的手机永远不会关机，一年又一年过去，除了飞行和逼不得已，我依旧保持着这个习惯。要说有多重要的工作不能漏了电话，其实也没有，大约这也算是一个坚持吧，所以，当午夜电话响起之时，咬着牙也得爬起来坚持啊。

电话是一个陌生的公用电话，没有犹豫直接接起，挂上电话的三分钟内，我都在发愣，原因是实在不知道在凌晨三点十二分，要穿什么衣服去派出所。

电话是我的同学L小姐打来的，电话里没说原因，只说出了点小麻烦被扣了，让我去想想办法。在想完我该穿什么衣服出门后，又猛然开始想，她让我想办法，这个办法是什么办法？

L小姐是我的同学，在我还是表演系默默无闻的甲乙丙丁时，她的美貌早已是毋庸置疑的了。L小姐在学校的早期和我只是泛泛之交，所谓的泛泛之交，说直白些，就是她看不上我，我也看不上她。

那会儿的L小姐锋芒毕露，早上不出晨功，晚上不着寝室，每天混迹于各种声色场所，那会儿混，只是单纯地陪导演和制片人吃喝，联络感情为的就是能有个出演的机会。在艺术院校，这样的姑娘萌生出这样的念头，实在是件再普通不过的事情了。可姑娘不懂，很多导演和制片人基本不会用每晚出现于声色场所的演员，这些，我在多年后，求证了很多导演和制片人，他们大多都说，一个连寂寞都耐不住的演员，能工作演戏吗？

我和L小姐正式交好，是在快毕业的前一个学期。毕业前夕，L小姐总是带着我吃吃喝喝，晚上唱K泡吧，那个时候的她大约已经知道应酬并不能让自己上戏，所以开始迫切地想把自己嫁出去。

在她身边围绕着各式各样言情小说里出现的人，上市公司的老板，家财万贯的富二代，白手起家的金融新秀，才情并茂的年轻导演，帅气黏人的小演员。在那些约会里，除了蹭吃蹭喝，我主要的功能是负责撤退。L小姐只要一厌烦想回寝室了，大多数都是拿我当说辞。

无数次，我陪着她从相看顺眼，又惊又喜，热恋，作闹，分手中走过。每一次，她都和我说，这人怎么这样，太不靠谱了，以至于那段时间，我都忘记到底是谁不靠谱了。

很快就毕业了，面临着工作生存问题，我开始忙着见组，见导演，见经纪人，见制片人。而她还是一如既往，白天睡觉，晚上玩乐。我曾经认真地问过她一次到底想干什么？有时我会觉得她活得不真实，哪有人能不工作呢？在回答我的问题时，她几乎没有思考，她说她想歇歇，以后再做打算。

可能从那会儿开始，我和L小姐的友谊就慢慢疏淡了。那会儿也没想别的，可能只是单纯地觉得自己和她不是一类人，没有她那么好的条件，没有挥霍的资本吧。

我再遇上L小姐，是两年后，在我快将这个人遗忘的时候，她就这么措手不及地出现了。那晚，杀青归来，和剧组一帮演员在钱柜通宵K歌。唱完已是天亮，出门准备拦出租回家。钱柜门口，全是拦车准备回家的人。大家都是睡意蒙眬，无暇顾及身边的人，我和L小姐近在咫尺，却互相没有认出对方。

一辆车停了下来，所有人的视线都追随过去。但是L小姐排在最前面，大家也就自然地没有上前。可世事难料，偏就有人没脸没皮，一个肥胖的身躯抢先一步挤开了她钻进了车后座。

L小姐和同伴有些愣住，出租车司机也无可奈何。那胖子岁数也不小了，脸皮却是一等一的厚，进了后座就直接躺下睡了，愣是假装没事人。

L小姐不依了，让同伴站到路中间拦住车，自己拉开车门，穿着高跟鞋就踩！L小姐有钱，拎着一个新款chole的大锁包，那包到现在我都想买一个，为什么？打架的时候就是一武器！

姑娘拿着包狠狠地砸在胖子脸上，那样子着实发狠，吓得胖子一时之间不敢还手。

在L小姐骂骂咧咧的时候，我才认出她。这不能怪我，化那么浓的妆，我又在犯困，要不是听声音，还真认不出来。L小姐到底是个姑娘，那胖子再怂也是个男人，万一真打急了还手，总是要吃亏的。她的同伴也不上前拉，我只得跑了上去。

我拉她时，她还反手一搡："你谁呀你？"气得我直呼："班长！"姑娘这才停手，扭头一看，乐呵呵地跑过来扶起我："哈哈，怎么是你啊？"

手磨破了皮，气得我直翻白眼，她倒是热情地拉过同伴介绍起来："这是我同学，我们班班长！"笑得真好看，可就是让我不顺眼！

后来，我和L小姐一起吃了夜宵。各回各家，各找各妈，也就应该再无交集了。可姑娘从那以后，总会来电。我们一年见不了几回，可是电话倒是通得勤。

她说，知道吗？朋友还是最初的好！

朋友？我们什么时候是朋友了？就是同学而已，别凑近乎。

她又说，你不知道我身边所谓的朋友，她们个个巴着我，只为从我身边认识有钱人，每个人私底下都恨不得抢走那些追我的人。你不一样，你不图我什么，更不会害我，这年头，不害我的人，就是我朋友！

我想了想，我的确不图她的，不光不图，我还希望她好！如果可以，我希望身边每一个人都好！希望别人好总没错吧，反正只是希望，又不用付之于行动。

某日，姑娘来电，聊了半天，不知所云。

临了到挂电话时，她冒出一句：“明天有空吗？陪我去个地方。”我有点恍惚。第二天到了地方才知道，L 小姐真没把我当外人，拉我去陪她捉奸。

她说，如果这一次没抓到，她就嫁给他。

很不幸，她没嫁出去！

我们一进门，那个男的就慌忙跑进卧室锁上了门，怎么叫唤砸门就是不出来，L 小姐索性坐在客厅不走了，最后还是那男的报了警才得以脱身。那天晚上我陪 L 小姐喝了一杯纯柠檬汁，她说她心酸，结果我胃痉挛住了院。

在那之后，我又陆续见过几个她的男朋友，条件是一个比一个差，我也不知道她怎么了，为什么眼光越来越差，越来越不挑，这和以前我认识的她截然不同。

后来我试着想帮 L 小姐介绍对象，我找了一个我认为条件最优秀的友人带了去，见到了L小姐后，他笑着说：“她不及你一半好看，你之前说得天花乱坠其实是等着我夸你吧？”

我愣了半天，我说：“你知不知道当年有多少人追她？她得意时哪轮得上你啊！”

他说：“你也说了是当年啦，女孩子的状态一年一个样，她自己都不怜惜自己，任性又自负，过得这样糟糕能怪谁？她二十岁时，怎么作男人都会忍让，谁让姑娘青春年少掐得出水来呢！可是现在她都快奔三了，还以为撒娇服软嘴巴甜就可以实现任何目标了吗？你的好意我心领了，下一次有好的再说吧。”

回家后，我反复地想着友人说的话。是啊，都奔三了，作也是要有资本的，除非你长得和范爷有一拼，要不还真是得掂量掂量，谁都不欠谁，人家可不惯你这个。可这话我不会和她说，即便我说了，她也不会放在心上，也许她自己也知道，只是一时之间还无法接受吧。

那晚我去了派出所，果然是件小事，L小姐喝多和保安争执了起来。我们走出派出所时天亮了，我带她坐在路边摊喝豆浆，她低头喝豆浆吃油条的柔顺样子，别提有多美，可再美也就那么一瞬间，她的脸上开始有色斑的沉淀，腰间隐隐有些赘肉，额头上也开始出现细纹，她有的我也有，我拉着她说：“其实昨天是我生日，我又老了一岁了，马上就要三十了，我突然有点怕。”

她哈哈大笑：“你个女骗子，你明明是处女座，什么你生日？！”

我刚想开口，她迅速地打断了我：“我知道了，以后不闹了，老了，没有任性的资本了。”我眯着眼看着她，不再言语。

013

混口饭吃

[Maybe one day]

年纪大了，做什么事情都害怕失了分寸，丢了脸面。对于这本随笔，也怕被人瞧不上。

发了多篇未定稿，让朋友提建议，严格要求说真话，哪怕是难听得让人瘦三斤。

一位友人表示，字太多看不下去，且最讨厌提建议。

我说："给人挑毛病还不好？"平生最爱写书评影评，尖酸刻薄惹人爱，多好的差事?

友人听完转移了话题，和我聊到了一部新上映的电影，让我评评，那就评评吧。

电影延续了导演一贯的主题，童心纯爱梗，像宋冬野在《梦遗少年》里唱的一样："昏睡的顽童，梦就像烈酒"、"做了就泪流成河，不做就难耐忧愁"。

导演想当回孩子，童言无忌地控诉着对成人世界的一肚子不满。孩子般的表达方式说出了环保和人性的贪婪，把原本幼稚的如同梦呓的观点，笼罩出一层独特的合法性。

他的电影无论是从演员的表演还是到拍摄镜头到配乐，一直都是夸张的，就如同他自身的一切都被夸张放大了一样。有时他真像一个生怕自己不放声哭，就得不到关注的孩子。

虽然我是他的粉，但客观地讲，这部作品并没有让我感到惊艳，相较他巅峰时期的作品，差的不是一星半点。但也并不让人失望。在这部作品里，布满了可爱的漏洞和执拗，还有一丝近乎高傲的幼稚。

这个孩子在电影里较劲地向大人讲述着童话，把幼稚当作一种品格，在他描述的混浊的世界中，故作的、近乎矫枉过正的纯情，像是一场终极抵抗运动。

友人问我："为什么总把他说成孩子？"

我笑着说："如果他不是个孩子，怎会把自己的人生过得这样玩笑？好像什么都浑不在意，只有拍电影时才难得认真，而那个认真也不过是认真地搞笑。"

可惜他没有活在银幕里，五光十色灯下的他从不讨人喜。所有和他合作过的人几乎都留不住，每个前女友和他分开后，都恨不得开场宴会宣布自己脱离苦海。

他是正经人眼中的不入流，文艺影评人缠着奚落的对象，大多数女人想要欢好的幽默真性男，最要命的是，无论你喜不喜欢他，骂没骂过他，都不得不看过，他拍摄的电影。

人人都贪他的电影，却又躲避他的人生。他的每一个采访，都透着凄凉。

友人又问："那你觉得他这样是好还是坏？"

我觉得他这样是好还是坏？重要吗？他已经是这样了。他的一次采访中，母亲提到他小时候不听话，总是把为数不多的肉和鸡腿咬一口就丢在地上。所以母亲总是打他。他说那是因为母亲很舍不得吃肉，只会偷偷吃孩子们吃剩的，他才故意那样的。

我们总是骂那些和我们不同的人，他凭什么乱吐痰？有什么资格拿不属于自己的东西？她穿得像个妓女！他是猪吗？我们责怪很多人为什么这样奇怪；为什么这么没有素质；为什么做出伤人的事情；却忘记想想那些没有见过的背后，他们曾经遭遇过什么；环境又让他们无力改变什么；这些经历遭遇日久成疾，把他们变成了什么。

我有什么资格说他好或是坏呢？他又没伤害过我，他玩的，一直是自己。

他近期出现开始显出老态，消瘦的脸，银色披散的发，最显老的是他的眼神，清晰地透着迟缓。

不过我不会把他看垮，我不指望他变成一个浪子回头的慈善老人，也不想他做到和刘德华一样处处完美，我愿意他一辈子是个笑话，并且我愿意为这个笑话掏钱买票。

如同他所有电影里的小人物一样，怀有不死梦想，有时我们不要放弃自己的那个见不得人又不符大众的缺点，也许有一天，它就成了自己的特点。

然后我们就靠这个缺点，混口饭吃。

一杯咖啡

[Maybe one day]

午时三刻，坐在室外咖啡厅，秋风吹得脑袋有点疼，刚想转回室内，不远处没洗头戴个帽子企图掩饰憔悴的哥们儿坐到了面前。

“喝什么？”

“来杯绿茶吧。”

这就是我哥们儿，十年如一日地跑咖啡厅来点绿茶，真想喝茶就该约茶社，要想抽烟也该约个能让我暖和的地方，还有，这都毕业快十年了，怎么还是我买单？算了，谁让他是我哥们儿呢。

太久没见了，彼此的生活没有交集。拜他的变态女友所赐，两人坐了快一下午竟然说不到几句话。两个人面对面坐着不说话，看微博回微信的场面在现如今很正常，不正常的是，我们曾是无话不谈的朋友。

“约我出来到底怎么了？”

“没怎么。”

“你先别抽了，呛死我了。上次你说你妈逼你在北京买房子，买了吗？”

“没有，没看见合适的。”

“你是不是遇上事了？”

“你不会是以为我要找你借钱吧？”

我真的以为他是来找我借钱的，所以只能不置可否地看着他。他好像生气了，差点忘了，他是那么骄傲的一个人。

“我分手了。”

“就这事？”

“这回……是她提的。”

“她之前不是也提过吗？过几天就好了。”

“这回不一样，她搬了。”

我放下咖啡看着他，一下子不知道该怎么开口，不能怪我冷漠，是哥们儿的确不省心啊。

哥们儿又重新点燃一支烟，大概我盯得太久，让他有些不自然。

“搬了多久？”

“快两个月了。”

“一直没联系？”

哥们儿摇摇头，我却笑了。打死我都没想到，那个世界上我觉得最爱他，爱他爱到变态的女人竟然真的把他给甩了！

哥们儿见我笑了，自己也笑了。他大概没想到我会表现得这么直白，我也没想到我的快乐给他带来了些许轻松。

不得不说，我比任何人都讨厌他的女友，我讨厌的原因很简单，哥们儿的女友曾经疯狂地挖遍他身边每一个异性，他的QQ，邮件，微博，豆瓣，他的每一张照片，每一条签名，只要她觉得有问题的，她都会直接留言或是打来电话，让你不要骚扰她的男友，让你远离他的生活。

刚开始，哥们儿也很不爽自己被人控制，他们吵架，砸东西，分开，复合，再去宜家购置被砸的家具，来来回回，磨光了哥们儿身上所有的棱角，后来他也就渐渐妥协了。

而我，作为哥们儿最好的姐们儿，是她最不愿放过的假想敌，我曾经无数次地约她一起出来见面，想着与她也能成为朋友，不为别的，我看得出她是真的爱他，她看他时，两只眼睛会发光。

我和哥们儿说："虽然我无比地讨厌她，但她是真的爱你，所以我们以后少见面，你打架我失恋，或是她突然怀孕你们要结婚时，我们再约。"

"你让我主动给她打电话？"

"嗯，你是男人，打个电话又不丢人，再说，科学家统计过，在一段长久的感情关系中，男人比女人更离不开对方。"

这一次，我单纯地站在了她的阵线上。不知道到底有没有这样的科学理论，我信口胡诌的，哪来那么多科学，科学要真那么牛，就该发明一种东西让人永远无法相爱，所以科学注定赢不了爱情。

哥们儿不消停我是再清楚不过的，他和她在一起的最初，就被抓过好几回，每回不过是仗着姑娘真爱他，险险维持着。

如今年头拖得越久，姑娘越灰心，爱情不牢靠，男人不肯结婚，换作我，也走！

真以为女人除了谈恋爱不会干别的？谁会一直相信自己的全部生活只有爱情？除了爱情，她们关心的东西可以太多太多，哪个牌子的口红不褪色？后天参加派对该穿什么？和闺蜜看的电影怎么写影评？要不要来一场说走就走的旅行？

她们爱一个人时，的确会倾尽所有，孤注一掷不可自拔只占据一小会儿，你把握住了就把握住了，错失了也就错过了。就如同一个奢侈的包包，当时咬牙跺脚狠着心买回来，爱不释手地拎着它舍不得扔桌上放地上，只要没事就拿湿纸巾擦去每一处浮尘，可它终究是个包，背上它只会让她美丽，不背它她也不会死，有时，男人还不敌一个包，何况，还是一个旧款的包。

我跟哥们儿说："趁现在你们分开的时间不久，而且也冷静了一两个月，赶紧打电话给她，约出来好好聊聊，能挽回就挽回。”

“我不想先低头，以前我从来没有低过头……”

我看着他，说：“以前那个口口声声说爱你，爱你爱到低到尘埃里的人，她走了。她能离得开两个月，就说明你已经没有筹码了，她已经放下她爱你的这件事，而你却记住放不下了。她不会一直这么卑微地爱你，真正的爱情是积极平等，相互给予真挚付出的，不会有人无条件地一直爱你，这个世界上，没有不劳而获的爱情，那个吝于付出的人，每时每刻都在失去。”

咖啡好苦，喝完就走，他不戒烟我再不和他喝咖啡。

古装剧

[Maybe one day]

在 2010 年前，古装剧没有什么市场，在 2012 年以后，古装剧火了一批又一批，而我，就是那个在 2010 年以前拼命接古装剧，2012 年以后玩命拍现代剧的女演员，可想而知，我火不了。

我的家人，同学，好友，似乎都很喜欢看古装剧，唐宫风韵，清宫心计，个个都追，我的媳妇我的时代，没一个关注。来来回回就那几句话，你也拍一个我们看看啊？

其实在 2006 年到 2008 年间，我拍摄了三部以上的古装剧，（都没播！）这些剧给我留下了深刻的阴影！

当你是个不出名的小演员时，拍古装剧就是考验你的耐力！因为小演员永远是早上第一个化妆的！如果七点钟开始拍摄，那么你早上四点半就要起床，五点进化妆间，六点化完妆，七点梳完头然后出发去拍摄现场。

小演员一般不会签工作时间，所以八年前，我拍摄古装剧时，经常晚上十一点收工，卸妆洗澡十二点半开始休息，隔天四点半起床开工，连续几个月每天平均睡眠四到五个小时。

古装剧大多会有骑马和动作戏，先不说大热天穿里三层外三层吊威亚有多难受，光是动作戏就吓死人！（不要和我说替身，小演员是没有替身的！）

单单一个骑马就要了命，大约我与马犯冲，印象中三次受伤，都是拍马戏。一次，我身着唐朝的宫装服饰摔下马，结果服饰上的披帛挂在马鞍上，人被拖行数十米，整个后背磨破，头皮被掀开了，躺在床上休息了一个月，每天边咬牙喝芝麻糊边害怕头发长不出来变秃子。

另一次从马车上摔下，手腕粉碎性骨折。

最后一回更逗，导演听说了我前两次的惨痛经历，便修改了剧本，让骑马奔驰的我，牵着马郁郁寡欢，结果，我还是被马咬了。

古装剧的剧本基本不能修改，因为剧情完整统一且严丝合缝地要接下面剧情，不像现代剧很多情节是可以调整的，这就意味着如果你是配角，你是无法给自己加戏的（也可以和导演沟通修改，但是非常艰难）。

演得再好，角色不在主线上也没有用，因为观众记不住。

嗯，基于以上三点，这么多年我对古装剧很抗拒。

不要爱上配角

[Maybe one day]

我的一个师哥，和我认识也算有几年了，见面次数不多，算是泛泛之交吧。

某天突然接到他的电话时，还有些犯愣，心想这是要出什么事啊？接了电话才知道即将要去拍摄的戏里，他扮演我丈夫。而师哥的来电也非常简单，就是想和我在开拍前沟通剧本，以便加以创作。

一个小时的通话中，完全处在聆听的状态，没张口也没提什么想法。不是不善辩，也不是烦他，是真的不知道怎么去表达，演员积极二度创作这件事还是很重要的！不能上来就泼冷水啊，再说了，人家是我师哥。

师哥很纠结他在剧本中的生活状态，他觉得一个男人不该无缘无故地怕媳妇，没有底线地忍受媳妇不讲道理和歇斯底里的撒泼折腾。他想给这个人物找个支点，比如：曾经出轨被抓！于是彻底翻不了身，在妻子面前只得默默地挨打赔笑。

他问我同意否，当然同意！没理由反对，人物的合理性和丰满生动对我们扮演的这对夫妻来说，太需要了。

然后他就去找导演了，结果……

被导演否了。

演员的创作情感是脆弱的，激情被打击，多少有些涣散，没多久师哥就背包旅游去了。

我也缓缓喘了口气，用喘气这词，不是要表明什么态度，只是我早他之前，就想到了会是这个结果，这也就是一开始我听到他的想法时，没有阻拦他去和导演争取的原因。

首先，尊重他对剧本对角色的热情，然后被他敬业的态度感染。但也知道站在导演角度，配角演员只要起到点缀好主角的作用就好，他们不需要完整的人生，他们是功能性人物，出现和结束是为了推动剧情的发展。

什么叫配角？主角负责高大上时，他们负责接地气；主角们在暗恋，谈恋爱，结婚时，他们要仗义执言地帮忙追求，热络地牵线搭桥；主角们空虚难受时配合煽情。

配角有多坏，主角就有多招人疼！主角美不美？配角肥不肥？主角冷不冷？配角呆不呆？

每个人有每个人的立场，导演，演员，制片……

永远不要奢望给自己加戏就能成为主角，只能做到每场戏都演出彩让人记住你！

没办法，没有高大帅白富美的脸，只能慢慢熬，等待演技棒到有人专门为你写本子，你就赢了！

所以说，不要爱上配角！

拉

我有一个潇洒姐

[Maybe one day]

熟悉我的人都知道，我有一个潇洒姐，她的英文名字叫Apple，中文名字有点土……她的个性很潇洒。

她二十五岁那年生下了我，然后，开始了和我长达数十年莫名其妙又匪夷所思的母女关系。为什么会这么说？大约是因为我们的母女关系不太正常吧。

我爹和潇洒姐早年在部队，两人生下我以后，就响应党的号召调去了安徽，于是，把嗷嗷待哺的我扔在了江西外婆家。

八岁之前，我没什么人管，八岁以后，我被接去了安徽，从那以后，我们疏远又亲密的家庭生活开始了。

因为那会儿已经开始记事了，所以老觉得我爹和潇洒姐把我遗弃在江西是为了生儿子！这一点，从我的名字上就能看出。

从进家门第一天我就直呼我爹的名字，他觉得挺好玩也没有及时纠正，而对着潇洒姐，我却亲昵地叫着妈妈，后来才发现，我的第一根橄榄枝抛错了……

潇洒姐名曰潇洒姐，那是因为她真潇洒，她没有任何妻子和母亲该有的样子，当然，这不是批评她，在今日看来，我还是很佩服她的，像她在的那个年代，活得这么真我这么率真的人，真的没几个，反正我没见过。

从八岁到我上大学前，潇洒姐没在家做过一次饭，我爹每回出门和领导喝酒前都要先回家给我把饭做好，我从小到大的衣服都是爹洗，上学放学，梳头洗脸，洗澡理发，都是爹管，反正一有个什么事，潇洒姐都会说：这个事你找朱先生，我管不了。

久而久之，我也就不指望了。

潇洒姐不光不管我，连我爹都甚少上心，有回我爹的军裤磨破了一个洞，那年头的军装一年只发一套，而且根本买不着，我爹飞行回来交代潇洒姐给缝补一下，就睡去了。

第二天，我还在被窝里就被两人的争执声吵醒了，潇洒姐一个连饭都不会做的人，哪里会缝裤子？她不知道从哪里找出一张贴膝盖的膏药，贴在我爹裤子磨破的地方，我爹早上着急出门也没顾得上看，就这么穿着出门了，当天正好碰上大领导来部队检阅，我爹立马就红了……

名扬四海。

在当年没有网络和手机的年代，红遍整个空军，大家也都知道了朱先生惯老婆，老婆啥也不会干……

潇洒姐把我爹气疯的同时，也给我的童年留下了阴影。

小学二年级时，安徽稀奇地下了一场大雪，这把我们这群南方人激动得啊，课不上了，必须打雪仗啊！

那会儿的我，是个极其爱耍的，玩起来饭都顾不上吃，何况是上厕所……

嗯，尿裤子了。

南方没有暖气，下雪天，裤子湿了可见多冷了！

我哆哆嗦嗦地刚踏进家门，潇洒姐就闻出味了，死活不让我进门，非让我站在门口等我爹回来给我换裤子……

天太冷了，爹回来得太晚了，给我冻得啊，至今不愿打雪仗……

打那回过后，潇洒姐不敢不重视我了，但我的小心灵是真受伤了，什么事都不愿和她说，潇洒姐也没强求，不咸不淡地过日子。

我和潇洒姐正式交好，是在我爹查出癌症的那年。那年，我刚初三，正是反叛期最严重的时候，潇洒姐开始没想告诉我，有一回陪我爹在外地就诊时，老师给她打电话，这才急了。

当天晚上就赶回了家。那是我第一次看见她急，边骂我边哆嗦，她平时总是眯眯眼地微笑着，一副凡事无所谓的样子，那时，我没有意识到她那是害怕，也没有想过，她也会害怕。

后来，我爹的病情越来越重，潇洒姐正式向组织提出不上班要去陪护。她陪着我爹奔波于上海、南京各大肿瘤医院。

那一年，潇洒姐学会了煲汤，自己联系医院，挂号，转院，办手续，照顾我爹。一夜之间，变成了神奇万能小护士。而我，只有周末才能去南京看一眼老爹。我爹生病以后，脾气秉性一百八十度大转变，他经常会无缘无故发火，发起来真的挺不可理喻的。

有回我去给他送饭，那个时候他已经没有食欲了，医生又不让他吃咸辣的食物，每天清汤寡水配白粥，他肯定不乐意，饭一来，他直接就掀了。潇洒姐一把推开了我，滚烫的热粥浇了她一脸，她吭都没吭一声，笑呵呵地说："你看你，闹什么，别人还以为你多恶呢，多大了还像小孩一样闹馋嘴啊？"说完就拿着饭盒出去了。我吓得一声不敢吭，跟着就跑出去追潇洒姐了。

在医院的洗漱间找到她时，她正在洗脸，我突然不敢和她说话，只能在旁边陪着。她洗了很久，久到我发现，她整个左半边的头发全白了，一周前她那头发还是黑的。

热粥不像热水，热水烫一下，拿凉水拍拍就缓解了，热粥烫过，一洗脸，直接脱了一层皮。她抬起脸时，我一下就哭了。

“哭什么哭，要哭就给我滚回家，这点事都扛不住要你干吗？”

这是她对我说过最重的一句话，但也是最亲的一句话。

我爹走了以后，我和潇洒姐成了最亲的人，我开始主动地和她亲昵起来，变着法儿地撒娇起腻，她却依旧老样子，好在我也习惯了。

毕业后，我开始北漂小演员的生活，每天见组试戏，忙得不亦乐乎，和潇洒姐的联系也就从三天一个电话，淡到一周，有时一个月才通一回电话。

知道潇洒姐摔断腿，是在我去山西的一个月后。那天她给我打电话聊了很久，聊高兴了，就说给我说个笑话。我说好笑吗？她说特别好笑。我说有多逗？

她说：“我腿断了还自己开车去了医院，医生要给我打石膏，我说，能不能等我把车开回去打个车再来啊，要不我家猫也不会开车，车不能就扔这儿吧？”

我愣了半天：“你腿断了啊？”

“哎呀，一高兴说出来了。”

我着急火燎地赶回家时，潇洒姐正拿着痒痒挠抠脚呢：“你回来干吗？不想红了啊？”

“你都这样了，我不回来还是人吗？”

“那行，你赶紧给猫请个保姆，我弯不下腰铲猫砂。”

……

很多年后，我拎着行李箱站在天津电视台门口准备参加一个节目宣传，编导们全部站在门口，我走过去问：“我们等谁呢？好饿啊。”

编导刘浩然同学特别气愤地说：“等一个叫朱锐的，比她咖大的都到了，她竟然敢迟到！”

“我说我都到半个小时了，看你们都站着，我还以为等大咖呢！”

浩然说：“啊？你不是助理啊？你怎么自己拎箱子啊，你助理经纪人化妆师呢？”

“呃，估计堵车吧，他们会来的。”

“你真逗，还有你这样的女演员。”

“嗯，小时候没人惯，长大了不娇气。”

戴老师

[Maybe one day]

这两天没戏，带着戴老师和司机到城里改善伙食，点完餐后，三人都开始玩起了手机。

过了一会儿，饿得受不住了，便问戴老师啥时候上菜啊，戴老师二话不说叫来服务员：“我们二十分钟前就点餐了，就算现在是就餐高峰期，那凉菜总可以先上吧？点的鲜榨果汁总可以……”

听着这一通麻利的话，我不禁抬头看了一眼坐在我对面的戴老师，戴老师下意识地愣了：“怎么了？”

我笑着摇摇头，接着玩起了手机。

戴老师是我也不知道多少任的助理，比起助理，我更喜欢“伙伴”这个称呼。

一年三百六十五天，戴老师和我在一起三百天。她比任何人都熟悉我，知道我的口味喜好，了解我的所有去向，见识过我的各种狰狞。

我和她的默契达到一个眼神一个叹息就能洞悉对方的心中所想，没错，她在我这儿，早已不是工作关系。

初见戴老师，对她的印象就是一个面色寡淡，少言木讷的上海姑娘。很长一段时间，我都不知道她来自哪儿，毕业于哪儿，年龄多大。

她是被临时召唤来的，为何是临时？这得说到她的上一任。

上一任，是个人精。称为人精，毫不为过。善于观察，工于心计，见人说人话，见鬼说不说鬼话？目前还不知道……

由于她的种种长处，很快便被我的前辈看上。前辈来找我商讨之时，我细细地打量了她一番，那是一种无法言喻并压抑在心的喜悦。

前辈资历比我深，赚的自然比我多，她想跟着前辈，无可厚非。我这人，最自觉！碍人财路这事不能干，特别是这样已经摊在明面上的，弄不好就落下埋怨，所以，果断放任自由。

人精奔着前程而去，无一丝留恋。之后，我迅速开始寻觅下一任。看上一个姑娘，机灵懂事，聊了聊，姑娘没有动心。可能，觉得跟着我没什么前途还不稳定吧。

准备走时，姑娘说可以给我介绍她的同学，我问："有什么优点？"她笑笑说："她特老实。"

姑娘领着戴老师来时，我就随口问了一句多大了，戴老师脸红了半天，才答我一句："你好美。"

我斜眼看了一眼那个介绍她来的姑娘，心想着这是什么思维逻辑？

那姑娘说：“小戴没见过什么演员，她这人特别老实！”

我接不下去了，这到底是夸我呢还是夸我呢？

戴老师留下来不是因为老实，也不是因为夸我美，是因为我真找不着人了。

在戴老师之前，我先后经历过七任助理，好的助理，能排忧解难、照顾生活起居，甚至帮你维系住人际关系。

不好的，丢三落四，懒惰偷钱，臭美八卦……

但是对于当时自己的情况，真没法挑剔，能照顾一下生活起居就很 OK 了。

合作下来，我发现介绍戴老师来的那个姑娘真是个实诚人！她说的没错，戴老师是真老实！

老实得让我濒临崩溃。

例一：

我是个爱丢钱包手机随身物品的人，没什么大事，出门都只带卡。戴老师来的第一天，我给了她五百元备用金，交代如果有急事时，用这钱垫付，她点头表示明白。

某天和剧组同仁吃饭，由于从拍戏现场直接去的饭店，我就没顾上拿钱包，想着就用备用金付吧。

饭后，我发信息让戴老师去买单，她看完信息，抬起头一脸迷茫地望着我：“姐，我没钱。”

一起来的演员顿时反应过来，跑着去买了单，我晾在那儿尴尬到不行！

回来就压着火问她备用金呢？戴老师特真诚地回答：“姐，你不说有急事的时候再用那钱吗？

……好吧，我错了。

例二：

由于工作性质，拍摄的十二个小时中，无法接听电话和回复信息，这个时候，戴老师便要帮我接听电话和回复信息。

我的手机设有密码，设密码，当然是有不可告人的秘密！某日，我正在拍摄，一男演员来找我要之前拍摄的照片，我便让戴老师用微信传给他。

忙完工作，男演员贼眉鼠眼地跑过来淫笑一番：“看不出来啊朱来师，很有料啊……”

当时我就傻了，面如土色（以前看到书上写什么面如土色就琢磨，这究竟是一种什么反应，那次，是彻底知道了！）。

我叫来戴老师，问她怎么传的照片，她又一脸茫然，我厉声问道：“你是不是把我手机直接给他了？！”

她像看怪物一样看着我：“姐，不是你让我把照片微信他的吗？”

崩溃啊……

我是让你传给他！！！

不是让你，把手机给他！

我手机上那么多隐私照片，他肯定全看了！

孩子傻了：“姐，你不知道艳照门吗？不能自拍艳照啊！”

我……

能不知道吗？这不是……没事……自恋下嘛……

刚想算了，只当被狗咬了一口，戴老师又说：“姐，他会不会把你的自拍发自己手机上了？”

这孩子，神补刀啊……

例三：

照片事件后，戴老师又来了回极致的。

拍摄《一仆二主》时，用的是自己手机，剧中有一个情节，Lily 做美甲时，一个追求者给她打电话。拍摄时，我和导演建议这个来电显示一定要起个特别的名字，这样观众一看，就知道Lily是个拜金主义者。导演说不错，你想一个吧，于是我想了一个恶俗的名字——送LV的。导演觉得很好，然后执行导演就用自己的手机打了过来。

过了几个月，我去了下一个剧组，某天拍摄外景，戴老师站在马路对面冲我喊："姐，你手机震了！"

我理所当然地问："谁呀？"

天空飘来几个字——"送LV的！"

现场所有人都看着我，臊得我啊，恨不得当场劈了戴老师。

现在想想，三年前那个说话脸红，没离开过上海，没坐过飞机，分不清导演和执行导演的小家伙，已经被我训练成一个做事滴水不漏，果断迅猛的无敌小金钢了。

三年来，戴老师忍受过我无数次的莫名其妙，无奈地实现着我的各种奇思妙想，撕心裂肺地克制着要掐死我的时时刻刻……

有时很想对她好，但总是不善表达，只能不停地追加工资。

新的一年，默默祝愿戴老师工资暴涨，敢于反抗我那飘忽不定的怪脾气，找个靠谱的男朋友！

H 先生

[Maybe one day]

H 先生和我相识多年，多年中他一直坚称喜欢我。无论是在电话中，还是稀疏的见面时，他都会重申这个话题。

H 先生是个温柔的人，也会聊天。他很会赞美女孩，和你聊得了时事，也能静得下心来聆听，他的某些举动，总是会让你觉得自己就是他心尖上的人。最起码在我面前是这样的。

长得嘛，不能说很帅，五官还是很清秀的。

按理说，这样好的性格，这样好的脾气，该是我的菜。要说一点没考虑过人家，那着实有些牵强。

毕竟，这是我为数不多的追求者中年份较久的！

可怎么就没成呢？真不是因为距离，也不是因为别的。

我常和我的挚友二万六小姐说：不是我难追，是他光会说。

他知道我每天在干吗，也知道我的感情状况，可他从头到尾都只是说，如果他来趟北京，哪怕只请我吃顿饭第二天就飞走，哪怕只是去片场给我送个汤，哪怕他什么都不送在片场陪我坐会儿！

知道他忙，谁都有工作，可不就一天假，来回两千元的机票吗？怎么就豁不出去了？

二万六说我要求太高，自己都没给人家甜头，人家凭什么奋不顾身？又不是貌美如冰冰。就是貌美如冰冰，那也不年轻了，人家花点心思在 90 后身上不比你强？

想想也是！

不是每个人都是酒酿丸子先生，不是每个人都能为你订房租车送汤做饭不睡你！

所以，身边很多如 H 先生的人，终究是过客。

酒酿多点，丸子多点！没有丸子，没有未来。

我的绯闻男友们

[Maybe one day]

我的经纪人 X 先生，刚带我一年，我们认识是因为合作一部都市剧，当时他带的是大腕，后来大腕合约到期了，我便说，你带我吧。大约是实在没什么演员可带，他一口就答应了。

这样的一个关系，使得我们在生活中的接触基本都是围绕着工作。他不会问我和谁谈恋爱，也不会管我的私生活，X 先生表示，对于女演员，要么就不管不问，要么就得事无巨细地管到底。因为开始的不熟，所以 X 先生对我保持了第一条规则。

在刚开始的半年磨合期，我和 X 先生的合作模式基本就是，他通知我哪天去见组，我如约而去，见完导演制片人后，就各回各家；每次见面和通话都是围绕剧本好不好，制作团队强不强，导演拍过什么作品，制片人觉得适不适合角色等等。

在为数不多的接触中，我觉得他在对我慢慢改观，我有这样的感觉，是因为生性敏感。

有天，在即将分别时，X 先生突然叫住了我，先是皱着眉头笑了笑，然后又撇了撇嘴角，他还没张口我先忍不住了：“要借钱是吗？”

他愣了一秒赶紧晃起了脑袋：“不是！想哪儿去了啊！就

是……那个L导后面接了个大戏你知道吗？”

“我知道啊，听说是过亿的大制作啊。”

“你知道啊，那你去吗？”X先生一听我知道，乐了。

“他没给我打电话，估计是没合适的吧。”

“你们是不是不好了啊？”X先生一问完，就死死地盯着我，大有一副要豁出去的阵势。

“啊？我和他什么时候不好了啊？”

在我纳闷X先生为何觉得我得罪了L导的时候，才猛然从上一个问题中惊醒过来，他原来是那个意思！！

“不是，你等会儿，你这个‘不好’是指的什么？”

X先生被我突然一转的态度搞得也紧张起来：“就是我之前，听说……”

“听说我和L导好了？说我接连上了他好几部戏，说他专门为我写了一个角色是吧？”

大概被我诚实的态度吓到了，他缓缓地点了点头：“谣言真是没惊喜，来来回回就是这么几句。”

“嗯，所以呢？”

“所以什么？”

“所以……L导后面的戏你能不能上啊？”

他终究还是不死心，我说：“回头看吧，要真有合适的角色他会和我打电话的，我和他不用来虚的，有合适的不用我开口他会自己微信我的。”

说完，我就回家了。

回家后我也稍许有些不淡定，觉得我应该和X先生解释下，其他人怎么想可能管不了，这身边的人都这么看待我，那以后还怎么在一起工作?

后来我又想，X先生对我也不了解，我这么死乞白赖地去解释，更有欲盖弥彰的意味，索性就这样吧。

X先生再打电话来时，是沟通S导的邀约，当时我正在犄角旮旯的村里拍戏，他说：“副导演W打电话说，S导要拍一个现代戏，想让你去演女主的闺蜜，说是一会儿把剧本发过来，你看一下。”

晚上看完剧本后，我让X先生约下导演，转天X先生颠颠地跑来了片场：“剧本你看了吗？”

“嗯，昨晚看了。”

“啊，看了啊，你觉得那个角色怎么样？”

“我觉得剧本不错，但这个角色一般，虽说有两百场戏，但是不在主线上，所有事件都是围绕女主的，自己也没有感情线，很难让人记住。”

“是是是，我也这么觉得，但是这不是年底了嘛，没什么好戏开拍了，这个戏班底和卡司都挺好的，再说了S导是大导演，他钦点的你，不去多不给面子啊。副导演说，好多经纪公司削尖脑袋想推人演这个角色呢，你不去多不合适啊！你说是吧？”

我和S导之前合作过一部剧，那部剧就是X先生帮我接的，在那剧中我饰演一个很小的配角，整个拍摄中我和导演的接触不是很多，但是合作还是很愉快的。S导是一个难得的脾气好有修养的导演，工作时谦和有礼，工作的氛围也轻松愉悦，所以这次S导开口，是无论如何都要去的。

“你约了导演了吗？我想见面和他聊聊。”

“导演忙，约不上，而且副导演说不让轧戏，后面给你谈了一个在外地拍的女一，剧本和制作一般，但片酬谈得挺好，我正想问问你这事怎么办呢。”

他问着问着又开始了试探的小表情，这厮太贼！

“那你有导演电话吗？我打电话跟导演说吧。”

“你连导演电话都没有？！”X先生瞪着眼睛看着我，眼里透露着满满的质疑。

“我拍××戏的时候，总共和导演没说过几句话，哪来的导演电话？再说了，导演要有我电话还通过副导演找你干吗？直接自己打给我不就好了？”

“哎呀，那导演这次拍戏还能想着你，对你印象不错啊，你先去拍，我找副导演要下导演电话吧，看看人家给不给。”

晚上收工，X 先生要来了 S 导电话，我当着他的面给导演打了电话：“导，我是朱锐，谢谢您推荐，副导演联系我经纪人了，我也看过剧本了，女主闺蜜这个角色不错，我知道您肯定是看了《一仆二主》才想到我能演这种类型的角色，但说实话，我看剧本时，反而喜欢上另一个小角色 ××。”还没说完，X 先生在旁边狠狠地拽了我一下，我没理他继续说，“我喜欢 ×× 这个角色，是因为我身边有一个这样的原型，是我姐们儿，她从国外留学归来，金融界的金领，年收入几百万，父亲重病时她自己一个人扛着，最后她选择嫁给了一个出租车司机。我那个时候特别不理解，她对我说，她和她老公是因为包车认识的，后来每天早上四点她老公都去医院给她爸排队挂号，煮粥炖中药外加晚上给泡脚，她每晚回来他都给她端一碗热汤，这样的人她不想错过。导演，我对 ×× 这个角色有感觉，因为我理解这个角色需求，能表达出她对男主的依恋。”

我说完后，导演只说让他想想就挂了。旁边的 X 先生疯了：

“你怎么这么冲动啊，我让你给导演打电话，是让你说明自己后面可能有别的戏要接，最好是在不伤导演面子的情况下推了这个戏，推不掉那就争取能让导演帮着多要点片酬，咱就拍这个不拍那个烂戏了。你可好，不但没提后面的戏，还放着好好的两百场不演非演什么四十场小配角！导演肯定不会同意的。”

没过多久，导演来音信了，他同意了我提出的建议，并且调整了剧本，给我出演的这个小角色加了点戏。

这是X先生万万没想到的，他大概觉得，一个我连电话号码都没有的导演，为我做出这样的让步有些不可思议。

而我拍摄完S导的这部戏时，坊间又传来了我是S导绯闻女友的传闻，好死不死，后来我又接了S导的另一部戏，传闻愈演愈烈，盖过了我和L导的绯闻，不久的将来，估计S导又要被H导代替。

我和X先生说：“你看，就这么的我的绯闻男友又多了一位。这回你是全程经历过来的，你说，要解释吗？”

X先生笑笑说：“女演员，不好混啊，但下回咱能别老那么挑好吗？挑就挑角色重，拍摄时间长，然后片酬高的！行业不景气，我要吃饭啊！”

“嗯，那就看我的绯闻男友们怎么安排吧。”

反面教材

[Maybe one day]

反面教材，不是一本教材，而是一个人，也是我最近的新宠——我的病友，五十岁的东北大姐。

之所以叫她“反面教材”，是因为她两年前就查出药物性致使肝脏损伤，但是她没有坚持复查，现在变成免疫系统的问题，简单说就是——肝脏不排毒了。

我刚住进病房时，大夫指着她说：“你不好好接受治疗和复查，就会和她一样。她就是一个反面教材！”然后大姐就在那儿憨笑。

我一看，这人好欺负，以后就和她玩！

公立医院的住宿条件差，如果你不是时刻可能会死，那么，你只能住到多人一间的病房里。而这样的一间病房，都需要等待或找一堆关系才能入住。

入住第一天，另一个病友就当着我的面直愣愣地晕倒了。

当时我吓得只剩喘气了。反面教材异常淡定地，一手啃着我给她的肯德基黄桃蛋挞，一手按了护士铃，然后异常轻松地对我说：“没事，她老晕。”

然后……我们的住院生活就这么开始了。“反面教材”在我住进来之前，已在这个病房住了四个月！

病房里没有电视，没有网络，于是，她每天最大的乐趣就是玩《愤怒的小鸟》，和到处溜达……

每天我足不出户，都能听到她从医院各处搜集来的八卦……

什么护士看上医生，医生看不上护士啦……

谁倒霉花了一百万换了个肝排斥了……

哪个病友钱被偷了，肯定是保洁员干的等等。

我很爱听她叨叨，她也很享受终于来了个活人听她叨叨（我们房那个晕倒的病友基本没力气说话）。

今天去门诊拍胸片时，发现住院部的楼下有棵桑树，红灿灿的桑果烂了一地，看得我那个心疼啊！回来我就和“反面教材”磨叽。

这桑果纯天然啊，在超市怎么也得卖五十块！而且还就是一小盒，这么好的东西在这儿怎么就没人摘呢？！

“反面教材”剐了我一眼，极具逼格地说：“小姐，这是医院！人到这儿啥心情都没有了！还惦记吃？”

我说：“吃不好治什么病？走，我带你摘桑果去！”

“反面教材”表示自己爬不动！于是我塞给她一个塑料袋，让她在下面接应！

刚爬上树，园丁老头儿不乐意了，问我们干吗。

我还没张口，“反面教材”就跑了！这怂老太婆！

我正气十足地冲老头儿说：“摘果子！”

老头儿不乐意了，问我哪个科的。

我说我是医生。

“哪个科？”

我大吼：“脑子有病科！”

老头儿默默地说：“这熊孩子嚷什么，嚷小点声！我摘了给你送过去！别摔着你！”

我立马微笑道：“大爷，您真好！”

回来的路上，“反面教材”那叫一个殷勤！

我瞅瞅她，这要是抗日时期，丫肯定是个叛徒！

反面教材：“你才来几天啊？我搁这儿都住四个月了！大到主任小到刷厕所的，都认识我！抓到多丢人啊！”

甭废话！买盐洗果子去！老子容易吗？一小把年纪了还上树！！！

海边趣事

[Maybe one day]

如果出门散心，我的第一选择总是——海。

可去的地方很多，每次翻阅旅游网站的攻略，总和自己说，这次爬爬山也不错啊，要不咬牙跺脚去趟北海道？再不济就去看个古堡装装文艺“骚”年？

每次都计划得很好，每次的最后——都去了海边。后来想想，也许也没有那么多情结或是为什么，只是心情不好的人待在海边更容易释怀吧。

近五年来，每次去海边不是和潇洒姐，就是独自一人。

而且，我从不下海。不下海的原因很多，讨厌沙子在脚趾间硌涩的感觉，处女座天生不信任室外环境，所以连泳池都基本不去。

基于上述，在海边待了两天后，就会无聊到开始喝酒。

最惨的一次，就是醉在海滩边上，早上被冻醒时酒还没醒，想吐，又怕污染环境，于是自己在沙滩上哀号翻滚，结果，一个酒店工作人员以为我心脏病或是什么致命疾病犯了，百米冲刺过来给我急救，然后我吐了人家一脸……他不会说英文，我不会说当地语言，只能默默地给人家擦着脸，总之就是丢人丢到死。

还有一次也很逗，当时选择了一家依山傍海而建的酒店，山上虫子多，进门时服务员就演示如何使用杀虫剂，可是她对着一群蚂蚁演示，当时我就崩溃了，从小就觉得蚂蚁是可爱的生物，是益虫啊！我坚决不会杀害它们！果断不要杀虫剂！

入夜，蚂蚁来了，壁虎来了，蜘蛛来了，蛾子来了，爬虫来了，猫来了，见过的没见过的都来了，但是我一直坚挺着没要杀虫剂！

最后，隔壁的房客被我不停的尖叫声吓得以为遇见孤岛惊魂。最终把工作人员招来了，我的烂英文解释半天人家也听不懂，第二天吃早饭，很多人都默默注视我，没两天就住不下去了……

在海边，总是留下这样那样的诸多回忆，有开怀的，窘迫的，失意的，崩溃的，无论发生什么，我带去那儿的烦恼都会被入夜后一波一波的海浪声卷散。

这也是我喜欢去海边要的原因吧，它的宽广深邃包容了所有的负面情绪。多少次离开，回来，转身，抬头，它都稳稳地在那儿等着哄你。

海边，真好。

吵架记

[Maybe one day]

今天在医院楼下溜达，遇见一对情侣吵架，内容十分无聊，但我更无聊——佯装无事地在他们周围来回转悠，终于探听到争吵的缘由。

大概就是男孩接了前女友的电话，对方问他在干吗，男孩说在医院照顾一个朋友。女友不乐意了，尖声咆哮着问他为什么不说是——女朋友？！而只说——朋友！

无聊吧？可我觉得还挺有意思的……

嘿嘿！原来，很多事情从另一个角度看，是这么的可爱！

不禁想到以前，自己也这样痴狂过……

为一件小事，或是对方的一句话，一个态度，一个眼神，声嘶力竭，伤心伤肝地恼怒过。其实呢？不过是对方不经意的一句话，一个眼神，一件小事……

只不过在乎呢。

只不过当时缓不过劲呢。

只不过姑娘那会儿年少呢。

现在，你爱和谁打电话，发信息，搞暧昧，就去！

要比心硬，比不过；要比愈合快，您真比不过。

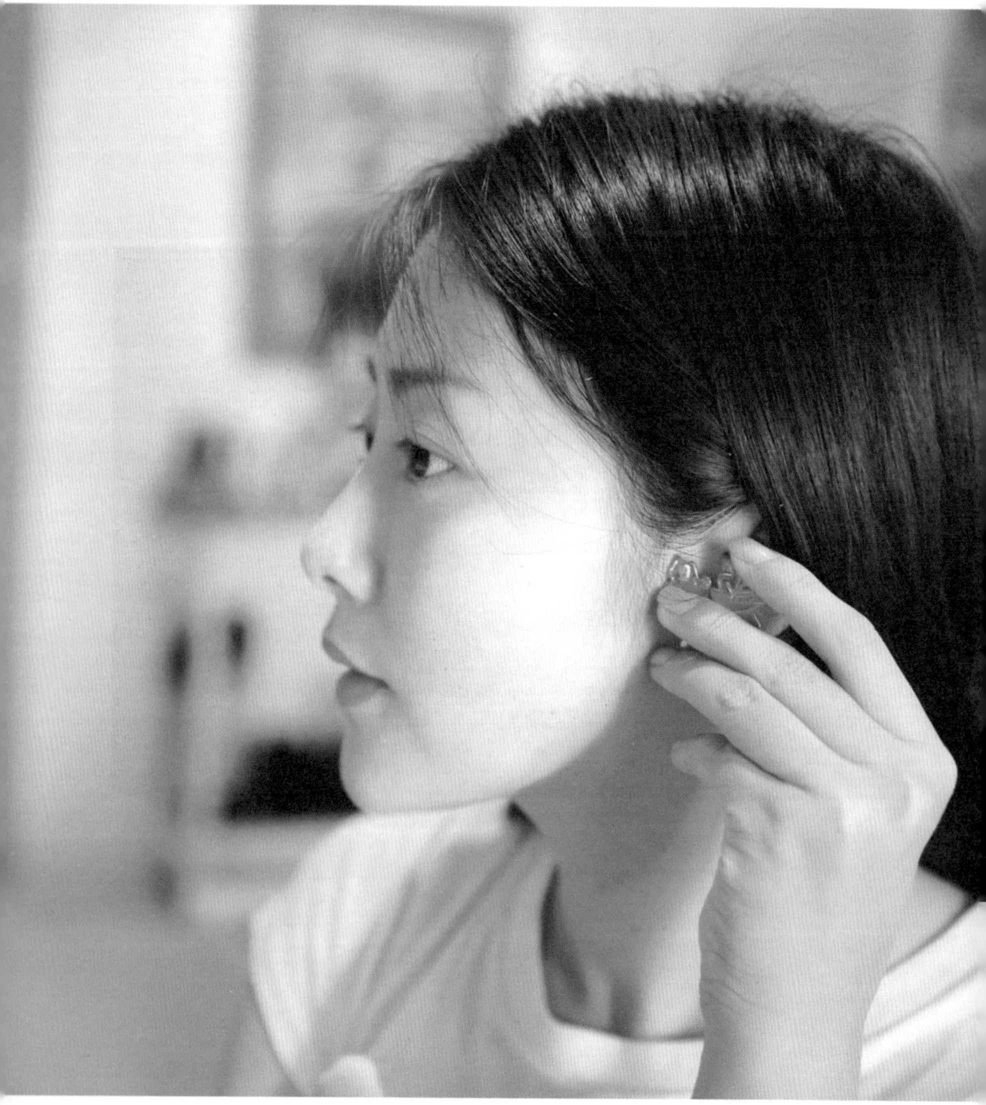

闺蜜

[Maybe one day]

我和他可以说，是这个世界上最了解对方，也最体谅对方的人。我们彼此相互吸引着，曾经也试图走近过，后来我停了下来。

不为什么，就是觉得，如果真的在一起，肯定撑不了多久，也许最后连个朋友都捞不上。

于是，我们嘘寒问暖，只打电话就是不见面地，过了五年。

五年里，我的工作，恋爱，伤心，压抑……一切告知分享，他也如此。

以至于我出了事情，第一个总是打给他，听他的建议和安慰。我不知道他究竟是怎么想的，反正我觉得这么一直走下去，也不错。

直到最近他慢慢地不接我电话，隔了很久才回。直到我接到他的她打来电话询问——我是谁？

是啊，我是谁？他的闺蜜？红颜知己？暧昧对象？

他的她告诉我他们要结婚了。这姑娘的意思我明白，我也不该有任何反应，人家提的合情合理。

只是，听不到冷笑话了，没人在我不会换灯泡时假着急了，打不到车时没陪聊了。就是少了点什么。

话说十二号是他的生日，刚才打给他，每年生日的零点我们都打个电话。

今天，他没接。

何等心机

[Maybe one day]

可能因为是处女座的第一天，挨着点狮子座的尾巴，所以特别流氓又假仗义！有钱没钱都大方的劲儿！

约朋友吃饭总觉得这顿该请，毕竟好久没见了，人家又是工薪阶层。姐们儿过生日，甭管人去不去礼得到啊！谁让人张口请你了！

请工作人员喝个水吃个饭，那更是不用说。而我的助理，财务，管家，身兼数职的戴小姐对本人这毛病早就门儿清！

于是这厮，把自己能找到的，翻到的，借到的，各种破旧衣服穿在了身上，每天在我眼前晃来晃去……

喝口水能看着，换个戏服能看着，反正怎么着都能看着！

给我那个难受的啊！

得，买！夏天来两套，秋衣秋裤来一身，羽绒服必须有啊，UGG 不能落下……

可以了吧？这会儿得夸我仁义了吧？

戴小姐会做人啊，从此以后天天穿着我的心意，在我眼前晃来晃去……弄得我老觉得买少了！姑娘怎么来回就那么几件啊，这不合适啊！

好不容易一年了，春夏秋冬置办得都差不多了，嗯，总算踏实了！谁想着北京这天老胡闹！

中午热得穿短袖，早上起来穿小袄，假勤快的我早把冬衣收了！只能让戴小姐借件她的冬衣给我。

衣服来了，不错，不薄不厚，就是有些年头了，算了，对付对付拉倒，反正人不红又没绯闻，也没人偷拍咱……

小风一吹，有点颤抖，也不是小伙儿了，拉上拉链吧。

这一拉，坏了，拉链从中间裂开了！戴小姐，这是提醒我没给买过小袄吗？

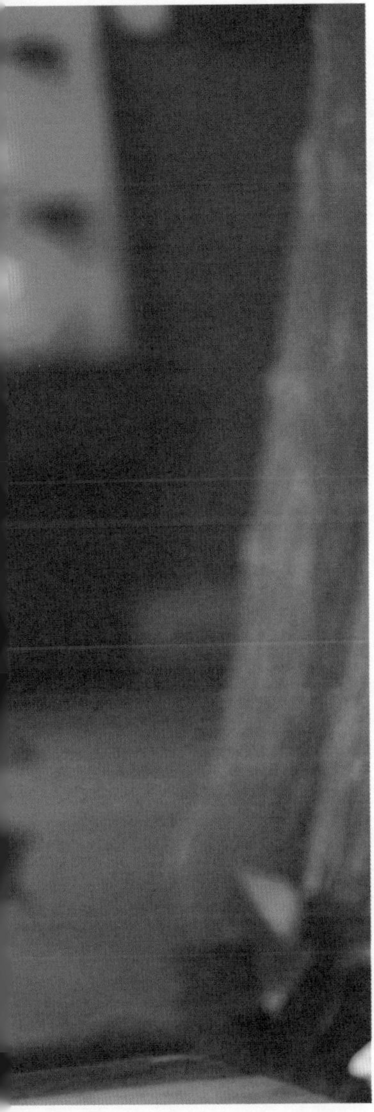

丽江趣事

[Maybe one day]

2010 年来过一次丽江，由于旅程匆忙，以至于整个行程犹如囫囵吞枣。对于丽江的印象也就停留在最基础的感官上。

很悠闲，很古韵，仅此而已。

这次再来，特地准备了四天五晚。每天乐此不疲地逛来逛去，购物，看景，吃路边摊，听小曲……总算，找到点游记上看到的感觉。

昨日，在一小门面买鸡豆凉粉，店主的口音是熟悉的京腔，我开口询问他是哪儿人，他一脸戒备地答道："哪儿人重要吗？古城里都是外地人，真正的当地人都收租子逍遥呢。"

我悻悻而笑。

其实没别的意思，只是觉得在异地听到一个熟悉的腔调，本能地想聊聊。（因为鸡豆凉粉的制作过程太漫长了。）

因他的态度，弄得无话可说，只能呆站着玩手机。正无聊时，对面客栈走来一人，急切地要店主去帮他点火，听口音像是南方人。

那人走后，我随意说了句："那人是南方人吧，口音很熟。"店主这才乐了："他是上海人，和我一起来丽江打拼，最近迷上一个北京姑娘，这不忙活着给姑娘做地道汽锅鸡吗？有电磁炉不用，非得自己劈柴点火烧土炉子，自己不会点炉子，急了！”

我一听，来了兴趣：“他还挺浪漫的啊。”

店主自嘲地笑了：“浪漫？穷浪漫呗。在这儿，生活就是劈柴，打水，做饭！那北京姑娘一号就走了，就剩下这么几天，我看他没什么希望了，但他喜欢，就随他吧。在北京，这叫浪漫！找个院子，找堆柴火，找个炉子，找只土鸡，炖上一锅鸡汤，这得花多少钱啊！所以你们京城来的，管这叫浪漫！在这儿，这就是生活！在这儿，这招，泡妞不好使！”

“那也不一定！像我这样的，到了这儿，有人给我费心尽力地炖这么一锅汤，就是好使！”

店主不再反驳了，像是没听见一般，只顾忙手上的活儿，只是，最后递到我手上的凉粉是别人的两倍……

发呆免费
黄金海岸
到丽江不吃黄金海岸的烧鱼，是种遗憾。

其实我是一个坚强的人

[Maybe one day]

前段时间见到了以前的同学，同学见到我有些诧异。不因外貌，不因体型。

他：你知道吗？我整整暗恋了你三年！

我：哈哈哈，幸好你没有告白，要不现在见面多尴尬！

他：我很后悔！

我：？

他：现在的你早已不是我记忆中的样子了，当时我应该说的！最起码我可以留住那会儿你的样貌，哪怕是拒绝，你也会脸红无措、微微颤抖、口齿不清。然后，我会一辈子记住这个画面。

可现在呢？

现在的我，早已褪去青涩稚嫩，戴上面具、穿上盔甲，随时准备对付各种妖魔鬼怪。我忘记了曾经那个娇柔的影子，逐渐变成铜墙铁壁。

坚强如我，固执如我，假颜欢笑，明白事理，这些就是我的保护模式？

嗯，是这样吧。

可这样的我，和曾经的我，我都爱，且欣然接受！

只是，我虽坚强，但偶尔也会委顿！

请你不要忽略我的微微颤抖！

请你不要忘记温暖我。

好吗？

第一产科医师
LIN NR

千叶和羊

[Maybe one day]

千叶是个什么样的人？一句两句也说不准，没有害人之心，也不是好欺之人，正经工作，正常生活，分得清黑白，理得明是非，约莫算个良善之人吧。

千叶无意中看见一只打盹儿的小羊，憨傻乖巧的模样让他忍不住伸手抚摸，小羊醒了也不反抗，慵懒柔顺地低头啃起了草。

千叶心想，羊啊羊，乖巧可爱，看着就平静愉悦心里踏实，顿时放下了平日里的烦心琐事。

某日，千叶见友人小刀暴躁不安，猜想是遇上棘手的烦事了，便宽慰小刀："别急别急，我带你去散散心。"

千叶带着小刀来到了草原，找到了打盹儿的小羊："看，和小羊一起是不是内心平和了点？看看草原，听听风声，摸摸小羊，烦心事是不是淡了很多？"

小刀没说话，眯着眼左看看右看看，他眼里的草原小羊和千叶眼里看见的完全不同，小刀想着，羊绒可做衣，羊皮可做鞋，羊肉可果腹，吃的穿的全有了，顿时起了杀心。

千叶看出小刀的不轨，怒斥小刀，扬言与之绝交；小刀也觉得千叶为只羊和自己翻脸太可笑，火上心头，两人分道扬镳再无来往。

两人的友人彪子无意得知此事，深感遗憾，思前想后觉得不值，小小一只羊，竟让多年兄弟反目成仇？越想越躁，半夜持刀宰了羊，碎尸荒野。

风吹过，雨刮过，羊暴尸草原无人问津。

羊啊羊，那天干吗去草原打盹儿？干吗让千叶看见你呢？

千叶千叶，你和他本不是一类人，早该泾渭分明，何苦难为了羊为你而死？

彪啊彪，凭什么拿别人的生命来成全你的哥们儿义气？

千叶，羊，小刀，彪子，不是你我他，但是，也别做这几个他。

草原要去，小羊要看，跟真正志同道合的友人去，不是风景胜似风景。

简简单单一件事儿。

不是这样的

[Maybe one day]

很多事情，不是我们看见的，听见的那样。就是亲眼所见，亲耳所闻，也未必是真！这事，这理儿，我妈，我爸，我七舅老爷早就教过我。可，道理明白，做起来总忘。

前天半夜，接到工作通知，告知我第二天工作取消，延后一天！

当时我就急了，拿着电话就准备发飙，结果人家告诉我，与我搭档的前辈，家中发生巨大变故，于是，计划延后。

我愣了，不死心地追问："是何变故？"

工作人员想想还是告诉了我，一周前，前辈的母亲去世了，当天，他的岳母也去世了，第二天他家里要开追悼会。

工作人员一直强调，前辈本可以请假三天，但他只提出请假三小时，开完追悼会接着过来开工。人家都这样了，工作人员反而不好意思了，于是开会决定，给前辈一天假。

挂上电话，我睡不着了！

我与这位前辈的合作，可以说是很不愉快！

虽然我从未在现场和他面红脖子粗，但是除去工作的必要沟通，多一句话我都不和他说。

我不知他知不知道，反正现场的所有人都知道，我不喜欢他这个人。

为何不喜欢呢？按理说，人家是前辈，专业又好，我应该崇拜加尊敬。

原因就是，他总是在现场很躁动，对工作人员很不客气（有些工作人员是新人，没有经验难免出错），即便我这样，不新不老的，都不轻易开口责备，毕竟，谁没有刚开始过？

他可不迁就，遇见稍有瑕疵的，逮着便狠劲地发飙，到后来，只要他在现场，气氛就很郁结。

我这人，最烦这样的，所以，我和他没什么交集。也尽量没有交集！

现在这么一想，从我们开工那天，他的母亲就在住院，工作到一半时，他的母亲去世，前段时间，他的岳母又住院，直到前天，他送走了两位亲人。

而这些，也是直到前天他才说出来。

他的暴躁，不安，善变，喜怒无常，瞬间都合理了。

我想，这事如果发生在我身上，我可能还不及他！我也许不会无端发飙，但我或许会做更过分的事，比如：直接撂挑子跑了。

他至少坚持着！没有耽误一天工作！这点，就值得敬佩！

我有些愧疚，我所有的工作都是和他在一起，我竟然没有注意到他的情绪，只是单纯地以为这人脾气古怪，爱刁难别人，爱装。

他在那段时间，一定扛得很辛苦，如果身边的同事给予安慰和鼓励，那该多好。

很多人，很多事，不是那样的！

今天，再次被生活上了一课。

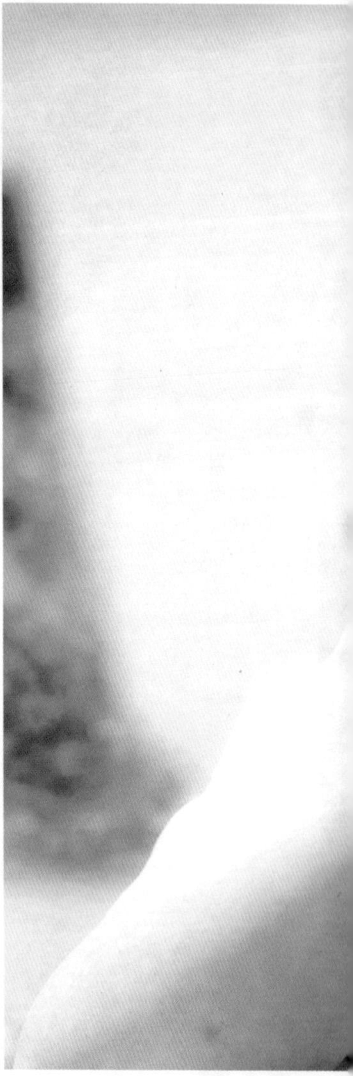

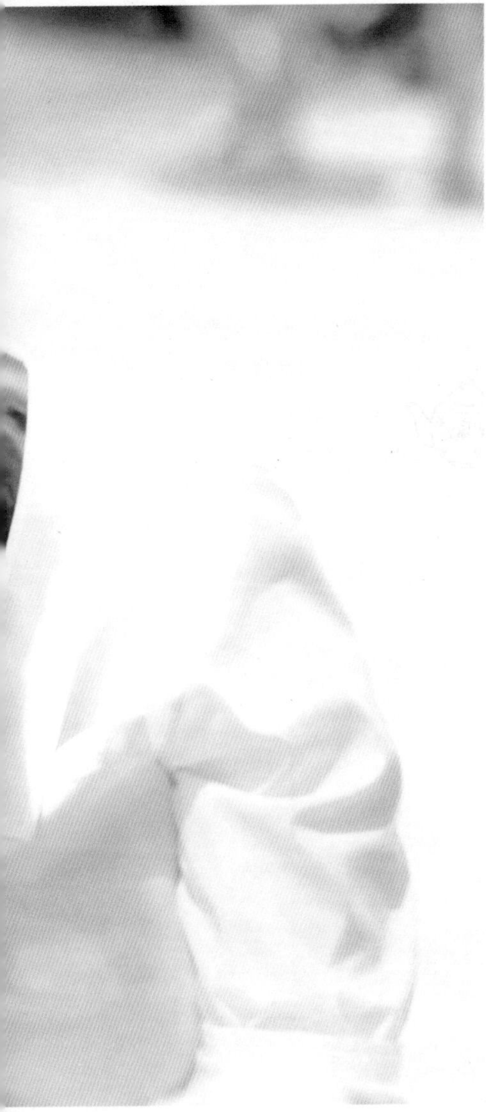

一句甜话

[Maybe one day]

新年来临之际，休了个假。趁着有机票，入香江买点私物。人生在世，五湖四海，红尘俗人，谁没几个朋友？

到了香江，见到了多年前合作过的友人。

友人，也曾是我最妒忌之人。缘由简单至极，友人，漂亮，温柔，气质佳，总之就是处处夺人眼目，依稀记得数年前站在她身旁，我是那么渺小无光泽。

如此妒忌，为何还称为友人？原因更简单，友人和我合作完没多久，便嫁作人妇，息影生子（没有竞争的情况下，友谊更为单纯）。

友人，曾是我觉得最有潜力之人。如果她不红，那我肯定更不会红。

所以，以她的条件，肯做如此大的牺牲，我是打心底里佩服的。

友人依旧那么美，即便天天在家洗菜做羹，奶孩子擦桌子，仍无损她的柔美祥和。

闲聊之际，我终是忍不住问她，当初她男人到底用了何等招数，让她这般。

她笑笑说，他是个很冷的人，不太会说话，但那一天，他说了一句很甜的话，甜到了她的心尖，她便从了。

我瞪着眼，她微微笑。

“他说，每天，你要早起半小时化妆，晚上，你要花十分钟卸妆，工作时，你可能会带妆一天，以后，只要我们在一起，你都不要化妆好吗？我知道你怕脸上的痘印露在我面前，怕气色不好看上去很萎靡，可是，你的睡眠不好，晚上睡不着，早上起不来，我希望你每天多睡四十分钟。”

她就哭了，哭着说：“好呀，以后都不化了。”

甜吗？

我觉得友人有些——好哄。

这个，貌似没那么让人感动吧……话说，我的前任说过比这动人百倍的情话，我也没怎么样。

是我心肠硬？还是友人太容易满足？

回来的路上，一直琢磨，过了一个白天，一个晚上，后半夜顿悟了，甜话分谁说，他的心意，她早已知道。

他说出来，她信了，换一个人，也许一笑置之。

话不一定是最甜的，人嘛，许是最对的。

雨后

[Maybe one day]

昨夜和同学三里屯小聚，吃饭，闲逛，看完电影后，便乏了。准备回家“呼呼”，同学恋恋不舍，提出去 3.3 喝个销魂奶。

这个奶茶果然销魂，销魂到刚喝第一口，窗外就开始刮风，闪电，雷鸣，下起瓢泼大雨！

雨一下，就不停了！苦等一个小时后，同学冒雨跑了。

我一个人坐在咖啡厅里，发呆……

有时这种不期而至反而是件好事吧。

起码它能让你静下心想点什么。

也就在那一刻，什么东西突然就清明了！

然后，又有个东西沉了下去。

雨后，一切如新。

失恋心得

[Maybe one day]

不知道其他演员会怎么处理微博，但我一直是亲力亲为的。我会认真地看每一条评论和私信，觉得有意思的我会回复，恶意的偶尔也会与之辩驳，稍显浮夸的我会视而不见，请教美容减肥的我会告诉心得，但有一种，我总是看完后不知如何开口。

嗯，情感问题。

某日，在我出演的一个现代剧播出时，收到了这样一条私信：我觉得自己好傻，和你一样，一直是个替补品（我在剧中饰演的角色），每次他和他老婆吵完就跑来我这儿找安慰，我把自己最温柔善良懂事贴心的一面给了他，然后他吸取完能量以后拍拍屁股走了，剩下我一个人独自面对无穷无尽的寂寞。一天，我突然对他死了心，因为他对我说了这样一句话：我不能在结婚纪念日和她提离婚啊，再等等吧。去年他说了一模一样的话，这话其实不伤人，他不会离婚我也早有心理准备，伤人的是他不知道，他们的结婚纪念日是我的生日，三年了，他记得结婚纪念日却记不得我的生日。我死心了，但是真的很难受，我不知道没有他的日子我该怎么走下去。

说实话，我看完私信后，只差泪流满面了。我回给她的私信写了又删，删了又写的一直没有发出去。

没有回复是因为没有想好，也不知道哪一种回答是正确的，哪一种方式最有效缓解伤痛。

那段时间，也是我经历失恋的时候，我多想告诉她，我和她一样的迷茫，我们都对一份感情死了心，也一样不知道下一步应该干吗，我的情况也许比她还糟糕。

因为这一次，我没有和以往一样约上朋友出去大喝，或者跑去海边住上一周，我以为在家躺上几天就能自愈。

当在家躺了十九天都不愿出门时，我才发现自己真的触底了。不想说话，不想出门，不想思考，就想这么躺着，每天昏昏沉沉的能睡十几个小时，每晚都给自己下目标，明天，明天一定要完稿，明天去看个电影，明天订机票去海边，明天一定要告诉经纪人接那个烂戏，每每作罢。

我和她一样，想着这回自己是好不了了，每一天对我来说，都太煎熬了！不知道什么时候能养好心，但是，真的不想再谈恋爱了，就想一直单下去！

这些话，我始终没有对她说出口，因为连我都不知道的答案，总不能回复她，大不了喝口啤酒冲掉心酸吧？

我也不会说什么时间久了就会好了的话，这不是废话吗？

时间当然能治愈一切！问题是眼下怎么过？每天都快苦得不能呼吸了，你说个那么遥远的期盼有什么用？

也许每个人都有一个死角，自己走不出来，别人闯不进去，大家都把自己最深沉的秘密，最痛苦的记忆储存在那儿。这个死角说它是死角它就是死角，说它是转机它就是转机，死角，还是转机，那把钥匙永远在自己手里。

我的死角注定了，它要死守多久我不知道，我不委屈，迷茫但不害怕，痛苦是有的，希望不要绝望太久。

打倒只是暂时的，因为，我还有我，而他，永久地失去了我。

斯里兰卡甜橙

[Maybe one day]

和闺蜜二万六小姐三里屯小聚，路过气味图书馆，死皮赖脸地逼着她给我买了一瓶斯里兰卡甜橙香薰。

二万六对于我这种无事装风雅女青年的行为极为不齿，但实在拗不过我文艺起来吓死人的模样，破费了三百大洋。

回家路上喜滋滋，恨不得马上就拆开包装挥洒香薰。

为何这般喜爱？

很久以前，看过一本小说，男主人公偶遇与自己长相一模一样的陌生人，惊奇过后，两人大醉一场。

第二日清醒后，男主人公发现自己被那人互换了身份，被迫继承濒临倒闭的家族作坊，那人的母亲，妻子，兄弟，叔侄，无一发现他的身份，唯独那人六岁的女儿！

小说最后，男主人公力挽狂澜，成功拯救了家族后，却被那人当众揭穿身份。走的那天，他轻吻女儿，柔声问道：“你是怎么发现的？”孩子稚嫩地答道：“你身上的味道和父亲不一样，但我喜欢你的味道。”

也许有一天，忘记了你的样貌，忘却了我们的点滴，但，味道只怕是熟悉在心的。

来得蹊跷，走得奇怪

[Maybe one day]

做了一个荒诞的梦，梦境比电影还无厘头，醒来坐在床边发了半天呆。

有些事情你以为自己已经忘记了，上班，吃饭，逛街，看电影，每天都不曾想起过，可，其实它一直留在脑袋里，清晨，午后，黄昏，夜半无人他不曾来袭，唯有梦里。

它带着密密麻麻的剧情，刻骨铭心的尖酸台词，杂乱无序的肢体动作，很多剧情，很多地点，很多人，就这么一一重叠上了。

然后，你不会想起又存在的那个人，那件事，就像烟花般突然直冲窜到眼前，光华瞬间后又消失无音，剩下来的只有发呆的自己。

你还以为这是一个荒诞的梦？还觉得它来得蹊跷，走得古怪？是这样吗？

很多事情从来都是极端的，就像夏天和冬天，它们从来不碰头；很多人，你们注定不能再一起坐下来喝杯茶。

有人说过，酒醉的人可以看见自己想见的人，灌多了自己就可以在脑海里放一部美好的小电影，幻影中可以重新开始，牵手，拥抱，闻闻发顶。而对我来说，这场电影即使开始了，我也不想看下去，来回放映的不过是自己那个可笑的念头。

让他这么走了也好，门把手不掉了，那个灯泡换好了，学会了好吃的红烧鱼，给猫换了罐头果然不拉稀了，这些，终于没人需要知道了。

那会儿不是没有料到结局，所有的折腾，不过是为了拖延散场的时间，不过是，死不了心。

绝情之人

[Maybe one day]

我现在听到对人赞扬最重的一句话，莫过于——这是个绝情之人！

绝情之人好啊，心软有何用？烂好人！不忍拒绝，不忍说狠话，懂事得体顾全大局，那都是做给别人看的！

就好比，正调着情，突然打个电话来说：对不起，我老婆知道你我的事，现在很不高兴了，离家出走了！

然后好人就得说：真对不起，你快去找她吧，这几天不和你联系了，你哄好她再说，我不要紧！

不要紧？苦不苦，疼不疼，难不难受，只有自己知道！

很多人都以为我痴迷于猫，是只猫我都喜欢，其实，小时候我最喜欢的动物是兔子！毛茸茸，白乎乎，跑得慢，大耳朵，一抓就抓着了。

我娘说那会儿我抱起兔子就不撒手，兔子也不是安生的主儿，人家也不乐意时时刻刻被禁锢，急了就用后爪蹬我！

那会儿天热，胸口经常会被爪子蹬破，血淋淋的，涂碘酒紫药水时，疼得龇牙咧嘴！

按理说，疼过之后该长记性了吧，可偏就是个好了伤疤忘了疼，只顾眼前甜爽不留后路的家伙！我娘刚开始还叨叨两句，后来也彻底不说了，淡定地涂完药就走。

这样的情况，反反复复的好几年，以至于我的胸口至今都有伤痕。用我娘的话说，我觉悟得很是莫名其妙。

突然有天放学回家，洗手吃饭，做完作业上床睡觉，看都没看它一眼。刚开始，我娘以为我在使性子诓兔子，弄个疏离之计，欲擒故纵什么的。

后来发现是真不看了。老太太也是个狠主儿！她悄悄地就把养了四年的兔子宰了，红烧乱炖端到了我的面前。一口下去味道怪怪的，随口问了句是什么，老太太阴阴地回了句：你猜！

我连猜都不猜，大不了不吃那道菜！

饭后老太太等着我翻脸打滚耍无赖，等了半年也没等到。

只是我再也没有提过兔子，再没抱过任何兔子。不是我冷心冷肺，谁还能痴傻一辈子？

是吧？兔子。

繁小

[Maybe one day]

有一种幸福，它们繁小琐碎，常见却不易留住，偶然想起时，温暖，实在，值得铭记。我是个爱忘事的人，不知是无意遗漏还是有意为之，有的时候日子过得浑浑噩噩的。

在我小时候，每天都有写不完的作业，那会儿没有电脑，手机，打印机，所有的一切都靠烂笔头和泛黄的纸张，长时间的弯曲让手指经常酸痛得无法伸直，即便这样，我的父亲依旧逼着我每周至少写三篇日记。

刚开始，我强烈地抵触，觉得这是一种折磨！连作业都写不过来，哪有闲情逸致干这个？可是我父亲很坚持，并且会加以奖励，为了每周能得上十块钱，这个习惯算是保留下来了。

多年后，日记本渐渐被随身携带的记事小本代替，记录的东西也开始千变万化，小本上，不单记录了每日的心情，甚至出现每天要办的事项，路边发生的趣事，所见所想，感动，伤心，快乐，不甘，各种情绪也随着笔尖落在了本上。

昨日，又一个小本被记满，每到这个时候，就会莫名地兴奋，兴奋过后，喜忧参半！喜的是，终于可以换个新本子了，忧的是，我又用完了一个记事本。

时间走得太快，轰隆隆的就失去了很多。因为有了小本我多了一个癖好，没事时，就爱翻阅之前的小本，看着那些微小的小事，平常但不特别，普通可不廉价，简单又不庸俗，真实却让我温暖，庆幸着自己将它们留在了本上。

1. 晚上停车到地库时，被保安大爷拦了下来，还以为出了什么事，结果他说，他要走了，年纪大了干不了了，准备回老家养老。我很诧异他为什么跑来和我说这件事，从地库回家这一路都在回想和他的交集，终于想起，某天我给了他一个肉松面包。我是因为减肥不敢吃，他是觉得我心存善意，把我当作他在这个陌生大都市里的一个……朋友？陌生人？亲切的小姑娘？一个随意的举动感动了他，教育了我。北京，多点人情，多点微笑。

2. 去试戏，试到编剧和B组导演站起来鼓掌，可是总导演却瞄了瞄旁边那个面瘫美女说："来，你再试一遍，我觉得你再试一遍会更好。"

3. 午夜两点，大约知道我是个爱犯贱的，于是它扯着嗓子叫唤我，这是北京最冷的时候啊！我都不知道自己哪儿来的劲，爬起来穿上袄子就下了楼。它颠颠地跑过来蹭来蹭去，躺在我脚边就开始翻肚皮，妙鲜包都不急着吃了，这还没到春天呢！也是生过好几胎的主儿了，恬不知耻地发什么春呢？小风吹得我脑袋疼，趁它开吃我转身就跑。从花园到楼门口这几十步，静得怕人。看到这个白日里张牙舞爪的城此刻如同石狮子一般人畜无害，心里空荡荡的。嗯，明年必须把丫抓了！绝育这事不能拖了！

4. 心血来潮坐地铁去了西单图书馆，学起老外随意地坐在地上翻书。当管理员给我搬来一个凳子时，我的笑容有些牵强，你看你这么贴心，我却想要装高逼格。

5. 也许很多年后，你反应过来，我是为你好，所以直言不讳。也许很多年后，你反应不过来，仍觉得我是个勺子。但是没关系，我记住此刻的心情就好，难得当回勺子，一定勺到底，这回以后不勺了！

6. 今日和姐们儿约饭，正吃着碰上一个朋友，然后，姐们儿就爆发了。平时虽算不上温柔婉约，但也算正常不丢人，今天可好，不停地爆粗口说黄话，一副可以随时被带走的样子，整得我都不会说话了。按说不至于啊，也是见过大场面的，怎么就这么怂？难道这就是传说中的——情不能自已？吓到我了，晚上吃了两碗米饭！

7. 拍戏时接到快递的电话，人不在家只得请他送去物业。拍完一场后，发现快递小哥的四个未接电话，赶忙回了过去。电话一通，快递小哥就急了，先是说小区物业每天只有一小时接受快递，他去时已经过点了，然后又说小区保安开始不让他进门，接着说物业明明就有人上班，可就是拒绝帮忙签收，让我一定要投诉。他絮絮叨叨地和我抱怨了很久，刚开始听着很烦，后来听得很无奈，最后听得我直乐！挂上电话后，助理问我怎么了，我一字不落地叙述了一遍。助理说，你和他废什么话啊，就直接说：对不起，你改天再送吧！应该这样吗？每个人在工作上都会遇到困难和挫折，甚至不合理无征兆的各种不靠谱！如果你恰巧闲着，为什么不聆听一下呢？让他发泄出来总归是好的，人总是会在压抑冲动时，做出日后令自己后悔的事情。有个人宽慰一番，事就过去了。要学会聆听！

8. 要说我爱去的几个景点，西湖绝对是榜上有名的。大约七、八年前，第一次见它，便爱上了。那会儿，有个心上人，走走逛逛，吃完楼外楼，我提议去西湖泛舟。他傻傻地说：刚吃完饭你就要喝粥？我愣了，然后大笑。我很喜欢西湖的美景，可我这人从小怕水，而且晕船，提出去游船只因从小读过一句话：百年修得同船渡，千年修得共枕眠。船还在，湖也在，结伴游湖的人却……

9. 疯狂地想杀青回来，回来后又发现没什么意思，箱子到现在都无力打开，一个人待家里五天干什么都提不起劲，连出门约个饭的心劲都没有，每天都在和暖气不暖战斗，北京真冷。

10. 姐们儿问：生日想要点什么？想了半天，说：带我去海边吧。我们可以在沙滩上喝香槟，喝多了就裸泳。姐们儿说：喝香槟不错，裸泳就算了吧，我一个A罩杯不能成就你这个D罩杯。我哈哈大笑。姐们儿说：对不起，我在西安回不来。我说：没事，我幻想着我和你在马尔代夫。或者我真的可以二十六号自己飞去，三号飞回再去大连？

11. 没有原因，没有理由，不许问为什么！更不需要解释！小姐，因为你不够红！

12. 明明是一起捡回来养的，刚捡回来时，最偏心哈哈小姐，那会儿就是被它的外表所迷惑！觉得好看怎么都好！拉屎不盖，半夜翻垃圾桶，一不高兴就哈人，挠沙发砸杯子，死活不让抱，屁股上永远黏坨屎都不是事，想着就这么爱下去也认了。可，凡事就怕有对比！你在这儿仗着美貌为非作歹，人家那儿却乖巧懂事可人疼，又不是无交集，偏偏同一屋檐下！人家每天自己盖猫砂不说还帮你盖！偶尔吐个毛球吐在地上，还不好意思地咬住地毯拖过去盖着！从来不捣乱不说，还浑身散发着优雅，撒娇服软柔若无骨的样样透着怜爱，让我说什么好呢？时间久了，美貌什么的都是假的！个性好最重要！点心再好吃也没馒头抵饱啊！再说人家也不丑啊，不是国色天香也算清丽脱俗啊！So 转了！不爱你啦！

13. 最近胖了。好吧，其实一直都是肉肉的！今日男神张嘉译老师当众说我胖……非常不忿！举例说明女人太瘦没啥用，女神都是 A 罩杯，穿上衣服是好看，可总有卸妆脱光溜睡觉时吧？睡觉时抱个干尸能舒服吗？俗话说得好，点心好吃但还是馒头抵饱啊！不过话说回来，有人抽烟喝酒样样不误，皮肤依旧白皙粉嫩掐出水；有人早睡早起敷面膜戒辛辣，依旧满脸长痘。有时候真的不得不承认，天生的强生的！后天再努力拼命都无法力挽狂澜！既生为人，有什么资格要公平？所以，我就是胖！我认命！

14. 本在海边玩得挺美，回屋后接到小美的电话，一盆冷水给我浇到底。一点缓的余地都没有！心里那点小期望全被浇灭，再美的海景房，再好的蓝天白云都看不下去了。好不容易瞧上这么一个本，角色班底导演演员都合适，偏偏时间不行。为什么每回都这样？！想去的戏永远拍不上！心情极度糟糕！

15. 昨晚睡得晚，只要一熬夜，睡眠就不好，今天竟然是被窗外的风声吹醒的。北风烈啊，像个我行我素，脾气古怪任性的姑娘，不达目的不罢休。不过相对于南方的温吞，我更喜欢北风烈。嘿嘿！

16. 今日和男闺蜜提起我交了新酒友这回事，他诧异地问我：你之前不是对TA很反感？顿时有点懵，想想，好像是说过！那会儿不太了解，仔细相处了下，人还是不错的！人和人之间是要讲缘分的！可能他对你很糟糕，可是对她很好，可能她人不咋地，可偏偏拿你没招，我始终相信一物降一物，就是克你这种理！

17. 拍戏遇上个小妮子，丫头是个标准的胡同丫头，一开始不太信任我，站在家人旁边淡淡地看着我，大概心里把我盘算了个遍。我心想，我是个最有孩子缘动物缘的，还怕你刁难？正想着如何收服她，她就自己走过来拉起我的手，糯糯地说了一句：我能亲亲你吗？呵，那叫一个香软甜！沁到心坎里啊！

18. 既然开了口，就说明真的是有难处，认识也这么些年了，哪一次是为自己的事托过你？人人都说某某贪财好色势利眼，可就是这个贪财好色势利眼的家伙，一个磕巴都没打的就帮了忙，有时，一件小事我会记一辈子的。

19. 你觉得它外焦里嫩，香甜味美、价格适中，但你又嫌弃它造型不美，油多宜胖，吃多了腻人。于是开始挑三拣四。

看不上又舍不得扔，奶奶个腿的，你怎么就那么纠结呢？想吃还怕胖！今天它一百六十八元一份时你就赶紧捡漏吧，非等它一千六百八十元你吃不起时，再悔肠子烂肚子地懊恼当初不惜福才过瘾是吧？你知道我说的不是烤鸭？

20. 终有一天，你的愤怒，不安，无奈，伤心，忐忑，低落，高兴，忘我，都无所倾吐，只能，自己消化……

21. 和朋友提过想去听他的演唱会，朋友诧异地看着我，大概是觉得他不是我以往喜欢的风格。我笑了笑，不解释。他也算红了很久的歌星了！仔细想想，真的不容易。同时期出道的很多人，现在都不知道去了哪儿，所以他还站在舞台上实属不易！我想，现在如果闲逛时哼出他的歌，不光身边人，自己听了都有点儿怪。也许也没有那么喜欢他，也许也不是因为怀旧，也许……也许只是想念听他歌曲时那个青春年少相信爱情的我吧。晚上见，歌星先生。

22. 时常会羡慕很笨的女孩，因为总有人照顾，心疼，谋划一切。聪明伶俐的女孩，会辛苦些，思虑较多！最惨的莫过于，要精不精，说傻不傻的！爹不疼娘不爱，有点心机却不足以应对世事！奈何偏偏哪。

23. 昨夜梦里一直在奔跑，也不知道跑去了哪儿，醒来浑身酸痛无力，弄得今天开工病恹恹的。和姐们儿说起这事，她说活该！早嫁了不就不遭这罪了。我说：你怎么知道我能嫁个让我不遭罪的呢？姐们儿又接着叫嚣。好吧，不找理由了，谁让当年不肯嫁春风，无端却被秋风误。

24. 好快啊，这句话每到跨年时分都会在脑海里盘旋一遍。而我，和往年一样，早早地洗干净，坐在电脑前，看电影，写小说，玩豆瓣。温暖又无聊，好想吃个全家桶炸鸡，放纵一下，呵呵呵。

25. 唉，我们这个组，没人谈恋爱，没人吵架，每个人都很正常，好有职业操守，除了拍就是拍。很久没有碰到这样的戏了，弄得我怪无聊的。

26. 但由岁月而来的真知灼见，你好心提醒别人，别人真不一定当真。

27.“臭不要脸”和“没皮没脸”，经过这两年的喂养，一唤就来，每次吃饭之前总要打个滚蹭一蹭，嗯，总算是对我有点感情了，真真应了那句话，钱买不来爱情，但钱可以买来食物和奢侈品制造浪漫维系感情，所以，我们是真爱！

28. 翻遍了家里都没找出一片退烧药，究竟是有多壮实？喝杯热水钻被窝！

29. 在电影院的厕所里，听到了这样一番对话。“没事，你慢慢拉，来得及！”“妈妈，来不及了，来不及了，可是我拉不完！”“你别说话，专心拉！不就一个电影吗？不至于！”“妈妈，几点了！几点了！看不见开头怎么办？”“你怎么那么事啊？好好拉！”“妈妈，我拉不完，呜呜……”我默默地洗手，心想这倒霉孩子也是个处女座强迫症吧？忍住抽动的肩膀飘过。燥热的午后，听上这么一番话也挺有意思的吧？

30. 春雨，被我赶上了，倒杯小酒，对着电脑有点犯傻。总会有那么一段时间，觉得自己处在无路可走的烟雾里。嗯，我要当个怪兽！然后若无其事地生活，反正，别人又不知道怪兽想什么！

明日又有琐事，索性掏出小本拿笔记下。生命之光，欲念之火？我的心态，我的感知，我的繁小世界，用犀利的眼睛和时而柔软的心，将它牢牢锁住。

我想忘了你

[Maybe one day]

我想忘记你，也许会很慢，但是我知道，这是一个非常明确并要坚持走下去的事。

这段话，我对自己说过很多回，而这个你，不单是一个你，是很多人很多事很多瞬间。这些人和事还有画面，有让我痛苦不堪的，也有弥足珍贵的，选择将它们忘记，只因我懦弱胆小。

墨西哥女画家弗里达·卡罗，曾说过这样一句话："我的人生有两大灾难，一个是车祸，一个是你。"

十八岁的她遇上了一场车祸，她的脊柱、锁骨、盆骨和肋骨都断了，右腿十一处骨折，脚也被压碎了。更不幸的是，一根金属杆穿透了她的腹部和阴道，她一辈子无法生育。

而那个她特指的"你"，指的是她的丈夫。比她大二十岁，风流成性的墨西哥国宝级画家——迭戈。

她是他的第三任妻子，人们都说他们的婚姻撑不过两个月，但他们却在一起二十五年。二十五年里，她的日子是激情又绝望的，她盛名在外的丈夫，婚后依旧不负声望，与数不清的女人有染，这些女人中甚至包括她的亲妹妹。

这些来自方方面面的重压，足以毁掉一个女人，却不是叫弗里达·卡罗的女人，她非但没被毁掉，反倒成为墨西哥著名的女画家。

在我看来，这段痛苦又艰难的爱情留下的最大的收获，便是她的画，我喜欢她大胆绚丽的用色，透过她的画，你能赤裸裸地看见她的痛苦和绝望是那么惊心动魄。

那个痛苦的来源，她的丈夫是这么评价她的画作：她的画犀利又温煦，坚硬如钢铁，温柔如蝶翼；讨喜如微笑，残忍如人生的苦楚。我以前不相信会有女性以这么痛苦的诗篇入画。

她和他争吵过，分居过，又再次复合过，也许她一次又一次地想忘记他，却从未成功过。就如她自己说的那样：“我画自画像，因为我经常是孤独的，因为我是自己最了解的人。”

我不要成为她这样的人，即便没有惊世才华，也要无惊无痛。忘记，是遗憾无奈，却是最好的选择。

诚然，我不是个宽宏大量的人，有时也会斤斤计较小肚鸡肠睚眦必报，有些过往也是悲愤无法忘却的，即使我曾像个不倒翁一样摇摇晃晃，磕磕绊绊地走过人生最低落的时期。

但人生中总有那么一种疼，是无法痊愈的，那些隐藏在内心深处的伤，终会在哭到无力的黑夜里一次次复发，蔓延。

我想我会忘了你，我知道会很慢，我知道这很艰难，但我很明确。

郎骑竹马来

[Maybe one day]

我第一次见他那年，我十二岁，他十五岁。

那年我的父亲参加了地下抗日组织，组织安排父亲去赣州从事传递情报工作，于是1945年，父亲带着母亲，我，弟弟全家搬迁。

为了生计，父亲在赣州做点小生意，说是小生意，就是糊纸盒。赣州不像上海北京那般繁华，纸盒的需求量也不大，糊纸盒只能勉强养家。

虽说生意小，忙起来也是很忙的，一家四口人，父亲白天要去联络点，母亲在家操持日常，弟弟要去学堂，真正糊纸盒的也就是我了。可是那会儿我太小，性子又慢，这工老是拖得做不完。

父母商量了半天，决定请个工人，这样的小本生意请不起壮工，当时的童工很便宜，所以，他来应工时，父母问都没问就留下了。

听我妈说他是个少爷，在家排行老三，家里败了只得出来做工，之前他说自己家曾经很场面时，我妈一点没信，后来看他识字，吃饭也不抢，言谈举止处处透着斯文，便翻了他的铺盖卷和衣物，这才发现还真是个少爷。

我从未见过这样和气的少爷，每天脸上挂着憨笑，好像干的是大买卖，而不是糊纸盒这样无趣的活儿。每个人和他讲话，他都是客客气气的，即便是邻居让他帮忙写信，他也不推辞，对谁都礼让三分的，从不拿乔。

就是这个人，在我十八岁那年，让我嫁给他。我脸红了一整天，也傻笑了一整天，我以为一整天会很短，会很快过去，没想到这一天，一过就是七十年。

这七十年里，我给他生了五个儿子，两个闺女，其中有一个孩子没能活下来，这也是那会儿我老是偏心老二的原因，因为他前面的那个娃走了，我把我所有的愧疚补给了他。

我们这七十年，再怎么吵都没隔过夜，有时小女儿问我："为什么爸爸怕你啊？"我说我那么小的时候他就哄了我来，他是要负责的，他要是欺负我，老天都不答应啊。

他对我的确很负责，家里的事我从不操心，只顾好孩子们的穿衣吃饭。

七十年来，老大结了婚，生了一儿一女，遭了一次抢劫，抢救回来后，落下了毛病。老二生了个儿子，老三生的是女娃，大女儿小女儿还有小儿子生的也都是女娃。

现在除了小女儿和小儿子家的，其他的孙子外孙们也都成家生子了，我们也难得地四世同堂了。

日子就这么看似平淡，却又操心地过了七十年。

我的年纪越大，记忆越差，时常忘记自己在哪儿，要去干吗，恍惚的时间也越来越久。小女儿说这是老年痴呆症，我气坏了，大声问她，我哪里痴呆了，我从未忘记你的父亲！他的名字，身形，样貌，工作，我都记得清清楚楚。他第一次来家里穿的是件灰褂子，求亲那天穿的是张生家做的皮鞋，生你时他最高兴。

他陪了我七十年，今天突然没了，早上起床他还和我说着话，我拧了毛巾来给他擦脸，他歪着头一动不动时，我就知道，我的天塌了。

小女儿家的女娃一直劝我，她说外婆你别哭了，外公走了还有我呢！我看着她摇摇头说不出话。

我哭不是我难过，是我害怕啊，他陪了我七十年，往后我一个人该怎么办啊？你们一个个都是要走的，去南昌的去南昌，回北京的回北京，谁会挂着我？除了他，谁又会一直伴着我？

我不去南昌，也不会跟着去北京，你们买的房子我也不住，我就住老房子，他要是半夜回来看我，找不到我要着急的，他虽然脾气好，发起火来也是顶厉害的。

说起来，他是哪次发过火来着？唉，又想不起来了，想不起来不想了，我得赶紧给他做饭去了，他胃不好，挨不得饿啊。

初见朱锐，是在2012年的榕树下。那时候我刚到长沙，开始第一份工作，每天的工作内容都是看稿子。看作者的自由投稿，也去豆瓣、晋江、榕树下之类的网站看热门文章。

榕树下是我年少时常去的地方，2005年的时候就在那里做过社团，后来因为做杂志，转战纸媒，去得就少了。时隔七年，榕树下已经换了几任老板和编辑团队，我也从作者变成了出版人。

当我以编辑的身份在阔别七年后重新打开榕树下的首页，熟悉的是那一片绿色，陌生的是无数的作者名。安妮宝贝、宁财神、木子美、慕容雪村、王小山、李寻欢（路金波），这些当年长期霸占首页的名字随着时间的流逝彻底从这里消失了，取而代之的都是一些新奇古怪的名字。

就在我失望地想要关闭网页的时候，我看到了“猫耳胡同”。在这个名字下面，是一个名叫《小左，我该拿你怎么办》的长篇小说。鬼使神差，在作者调皮的叙述中，我不知不觉就度过了一个下午的时间，然后就开始为故事里叫“小左”的姑娘心疼。

当时故事没有写完，我看到“未完待续”四个字，就去搜了作者。不搜不要紧，一搜吓一跳。这个才华横溢的作者的职业竟然是演员，而且是清秀脱俗的软妹子。

看着屏幕上一身军装的她，和她从主持人到演员的经历，我忍不住惊叹出了声。旁边的同事听到我的惊叹，也凑到我的电脑前看。看到屏幕上精美的剧照，同事不服气地说了句："我们都在辛苦地看稿子，你还有空看美女！"我当时没解释，心里却有一个声音在回应，她是美女没错，但不是花瓶，比起她尚未完全释放的演技，我更欣赏她的文学天赋。在这个空前浮躁的时代，能静下心来写作的人非常少，能静下心来写作的演员就更是万中无一了。

我当时想，等她把"小左"写完了，我一定要争取做她的图书编辑。没想到好事多磨，这一等就是三年。三年后的今天，"小左"已经进行到了十几万字，但还是没有写完，不仅仅没有写完，作者还嫌自己过去的文笔太稚嫩，打算从头到尾改一遍。一个十几万字的长篇小说修改起来是非常浩大的工程，这三年我从编辑到编剧再到作者，最后又做回了编辑，我不愿意再等了。

这三年朱锐的粉丝也从数万飞涨到了一百万。她主演的电视剧几乎霸占了所有的卫视，从《新四军女兵》里的女才子司徒芬芬，到《辣妈正传》和孙俪分饰两位时尚辣妈，再到《一仆二主》

里的顾菁菁，《产科医生》里的林娜，以及《爷们儿》里的马添，《嫁个老公过日子》里的宋小壮，《酷爸俏妈》里的李亦男，《真相》里的林琳，《背着奶奶进城》里的谢丽莎……

这三年她塑造了无数角色，用自己的演技，完美地诠释了故事里的人物。但故事里的人物终究不是她自己，关于荧屏之外真实的她，我只在她笔下的故事里看到过。

虽然忙于拍戏，但这三年她从未停止写作，除了“小左”，她还有一部长篇小说“时光”在写，同时她还在给《嘉人》等时尚杂志撰写专栏。这些作品也间接证明了她对写作的态度，不是偶尔为之游戏，而是十年如一日地坚持。

三年后我重新回到出版界，入职的第一周，我就约她写了这本书，我期待她跳出剧中的人物，以最诚挚的心态，面对生活中的自己。我期待在这本书之后，她能写完“时光”，修订好“小左”，一本接一本地把书出下去。

难得的是她没有丝毫的偶像包袱，答应了写，就飞快地开始动笔。我写作十五年，著作二十本，我以为我的速度已经无人能敌了，没想到她专注起来，比我更工作狂。虽然比起她的长篇小说，这本书显得轻巧一些，但作为她的第一本书，我觉得轻巧更胜过厚重。欲速则不达，这是一个飞速发展的时代，已经很少有人能沉下心来读大部头，我希望读者能通过这本书先去了解她的生活和她周围的一切，然后再去读她的长篇。

这本书的内容涵盖亲情、友情和娱乐圈里好玩的人和事。读她的文字，会让我想起木心的诗。“那时候车、马、船、邮件都慢，一生只够爱一个人”。在朱锐这里，则是“那时候一切都简单，一个人也好，一群人也罢，生活给予什么，便坦然接受什么，不悲不喜，不骄不躁”。

编辑这本书的时候，我经常会被她的奇思妙想逗笑，都说处女座招黑，她的存在简直是在给处女座洗白。

写这本书的时候，她的身体已经不像三年前写“小左”时那样精力充沛，视力也因为长期对着电脑而越来越差，但她依旧坚持着，一篇又一篇。对于她来说，写作是一个心愿，是“改弦易辙难忘初衷”里的初衷。写作带给她的回报，远不及拍戏带来的，但她无怨无悔。

我有时候会从她身上看到自己，明知道出版是夕阳行业，却还是坚持着做书做杂志。明知道电子书更方便，却还是坚持看纸质书。

写文章的时候，她总是关了手机，把自己关在房间里，全神贯注。她说她无法分心同时做两件事，如果拍戏时惦记着小说，写小说时惦记着剧中的人物，就两样都做不好。

我在她开始动笔时，到北京见了她一面，谈了具体的出版事宜。她比电视上和照片上瘦太多漂亮太多，以至于在咖啡馆里看到她向我走来的时候，我有点恍惚。

事后回想起来见面时的情景，不得不承认时间是世间最奇妙的存在。三年前我怎么也想不到有一天我们真的可以在一起聊文学聊写作，这一天虽然是我期待已久的，但真的来了，还是让人难以置信。过去有人做过盘点，说田馥甄见到偶像王菲的时候失声痛哭，吴昕见张信哲的时候泪流满面。我见朱锐的时候，虽然没有激动到流泪，却能清晰地感觉到自己的心跳在那个瞬间停住了。所以我期待这本书的诞生，期待朱锐的读者见面会，我相信所有在现实里见过她的人，都会无比喜欢她。也相信所有读完这本书的读者，都能拥有一份宠辱不惊，淡定从容的心态。

——**马叛**（《陪伴是最长情的告白》作者）